PAARD
ONTSNAPT

PAARD ONTSNAPT

CORIEN ORANJE

Met tekeningen van
Kees van Scherpenzeel

Callenbach

Derde druk, 2009
© 2005, Uitgeverij Callenbach – Kampen
Met tekeningen van Kees van Scherpenzeel
Omslagontwerp Hendriks.net
Layout/dtp Gerard de Groot
ISBN 978 90 266 1306 7
NUR 282/283
Vanaf 8 jaar

Inhoud

1. Paardenrookvlees

'Hé!' roept Matthijs over zijn schouder. 'Kom je nou nog of niet? Straks zijn we wéér te laat!'

'Wacht nou even!' roept Tessa terug. 'Mijn tas is erafgevallen.'

Matthijs remt af en zet zijn rechtervoet op de stoep. Hij draait zich half om en kijkt toe hoe Tessa haar plastic tas, een map, een pakje brood en een appel uit de goot raapt, alles weer in de tas propt en hem onder de snelbinders doet. Ze ziet er oververhit uit.

'Dat is al de zoveelste keer!' zegt hij. 'Waarom koop je geen rugzak?'

Tessa werpt hem een donkere blik toe, en Matthijs heeft meteen spijt van zijn opmerking. Hij is wel eens bij Tessa thuis geweest om huiswerk te brengen, toen ze ziek was. Ze woont met haar moeder in een piepklein huisje in de Sint-Jacobstraat. De fietsen staan in het smalle halletje, omdat ze anders gejat worden, de keuken is maar anderhalve meter breed, en de wc is zo klein dat de deur niet dicht kan als je zit. De woonkamer – die kleiner is dan Matthijs' slaapkamer – is ingericht met een bed, dat overdag als bank dient, een klein bureautje en een paar gammele, zelf in elkaar getimmerde stoelen.

Tessa vond het niet leuk dat hij langskwam, dat merkte hij. Het liefst had ze bij de deur het huiswerk uit zijn hand gerukt en hem weer de straat opgeduwd. Maar haar moeder vroeg hem om verder te komen en even wat te blijven drinken, en ze zag er zo hoopvol uit dat Matthijs geen nee kon zeggen.

Ze praten er nooit over, dat Tessa's vader en moeder gescheiden zijn, dat ze in een oud studentenhuisje met maar één gaskachel wonen en dat Tessa niet op sport en niet op muziek zit omdat haar moeder daar geen geld voor heeft. Maar hij weet het toch? Waarom maakt hij dan zo'n stomme opmerking!

'Sorry,' zegt hij schuldbewust.

Tessa kijkt hem ondoorgrondelijk aan. Ze trekt een wenkbrauw op. 'Rijden!' zegt ze. 'Anders komen we nog te laat!'

Matthijs zet zich af en racet weg. Hij schiet een klein straatje in. Als ze zo gaan, kunnen ze een stuk afsnijden. Pech! Een enorme vrachtwagen verspert hen de weg. Dat is nou echt Kampen. Vrachtwagens in de kleinste straatjes, en niemand die er nog langs kan.

Matthijs wil zijn fiets al weer keren als een kleine, gedrongen man van achter de vrachtwagen vandaan komt en zijn vinger naar hem opsteekt. 'Hé, du da!' roept hij.

Matthijs houdt in. 'Ja?' vraagt hij.

De man wappert met een verkreukelde brief. 'Kannst du mich helfen? Ich suche – ich suche...'

'Volgens mij is hij de weg kwijt,' zegt Matthijs tegen Tessa, die ook is afgestapt.

'Volgens mij ook,' zegt Tessa. Ze zet haar fiets op de standaard en loopt op de man af. 'Was?' vraagt ze in haar beste Duits. 'Was soekst doe?'

De man kijkt op zijn papier. 'Het slakt-hoeis,' leest hij langzaam.

'Het slakthoeis?' herhaalt Tessa. Ze kijkt Matthijs aan en rolt met haar ogen. 'Geen idee waar hij het over heeft.'

'Ja,' gaat de man verder. 'Noordweek.'

Matthijs fronst. Slakthoeis? Noordweek? Hij steekt zijn hand uit naar het papier, en de man geeft het aan hem. Met een grijns kijkt hij op. 'O! Nou snap ik het. Hij bedoelt het slachthuis! Aan de Noordweg!'

'O, het slachthuis!' zegt Tessa. Ze wappert met haar hand naar achteren. 'Dan moest doe die kant auf! Daar ergens.'

'Ja,' zegt Matthijs. 'Dort! Bai het indoestrieterrain!'

De man kijkt niet-begrijpend van de een naar de ander. Hij krabt op zijn hoofd en kijkt naar zijn papier. 'Het slakthoeis! Noordweek!' zegt hij nog een keer.

'Ja, het slakthoeis is daarzo!' wijst Tessa nog een keer.

De man steekt zijn beide handen op. Hij ziet er ongelukkig uit.

'Ik geloof dat hij ons niet begrijpt,' zegt Matthijs. Hij aarzelt. Wat moeten ze doen? Straks komen ze nog te laat op school.

'Ik geloof het ook,' zegt Tessa. Ze wendt zich tot de man en roept alsof hij doof is: 'Wij waizen u de week wel even. Kom mit!'

'Joh, dan komen we te laat hoor!' zegt Matthijs ongerust.

'Wat maakt dat nou uit,' zegt Tessa. 'Je moet anderen toch helpen? Dat zegt meester zelf! En zeker de vreemdelingen en zo.' Ze maakt kringetjes met haar hand en roept: 'Doe moest keren! Die vraktauto! Keren!'

De man lijkt het te begrijpen. Hij wringt zich tussen de huizen en zijn vrachtwagen door, en stapt in. De motor slaat aan en er klinken waarschuwende piepjes als de vrachtauto achteruit het smalle straatje uitkomt en langzaam de bocht neemt.

Matthijs grinnikt als ze samen voor de vrachtauto uit fietsen. 'Waar heb jij zo goed Duits geleerd?'

Tessa vertrekt haar mond tot een scheef glimlachje. Dan pakt ze ineens zijn arm vast om hem tegen te houden. 'Nee, dombo, niet dat steegje in! Dan blijft-ie steken met dat bakbeest!' Ze draait zich om op haar zadel, gebaart voor zich en schreeuwt: 'Rektdoor hoor! Let maar nicht auf him! Hai schnapt er nichts von!'

'Weet je hoe laat het is?' zegt Matthijs met een blik op zijn horloge.

'Kain idee!' zegt Tessa. 'Hoe laat?'

'Halfnegen!'

'Yes!' zegt Tessa. 'Met een beetje geluk zijn we pas om negen uur op school!'

'Met een beetje geluk hoeven we maar tot vijf uur na te blijven vanmiddag,' moppert Matthijs. 'En ik moet trainen om vier uur!'

'Ja, wil je nou een vreemdeling helpen of niet?' zegt Tessa. 'Je moet er natuurlijk wel wat voor over hebben, hè.' Ze draait zich weer om. 'Hier nach links! Hé, hallo! Nach links!'

Het is bijna tien over halfnegen als ze eindelijk bij het slachthuis zijn. De chauffeur parkeert zijn vrachtwagen en stapt uit. Hij kijkt nu een stuk vrolijker. 'Vielen Dank!' zegt hij. 'Ihr seit nette Kinder!' Hij loopt naar de hoofdingang van het slachthuis, steekt zijn hand op en verdwijnt door de deur.

Tessa staat op haar tenen bij de zijkant van de vrachtwagen en kijkt naar binnen. 'Koeien!' zegt ze. 'Komt-ie helemaal uit Duitsland om hier koeien te laten doodmaken.'

'Niet uit Duitsland,' zegt Matthijs, die naar de achterkant van de vrachtwagen loopt. 'Kijk, PL. Hij komt uit Polen.'

'Wat een stank,' zegt Tessa, haar neus opgetrokken. 'Ik vind het zielig. Moet je ze horen loeien. Volgens mij vinden ze het helemaal niet leuk.'

'Ja, kun je je dat niet voorstellen?' zegt Matthijs. 'Ik zou ook niet al te vrolijk zijn als ik naar het slachthuis werd gebracht. Kom op, laten we gaan. Ik wil niet zien hoe ze daar naar binnen worden gebracht.'

'Hé!' zegt Tessa ineens. 'Een paard! Moet je kijken, Matthijs! Er is een paard bij!'

'Een paard?' Matthijs komt dichterbij en gluurt door de spijlen. 'Waar?'

'Daar! Oh, wat zielig! Zouden ze die ook gaan doodmaken?' Ze kijkt Matthijs ontzet aan. 'Wat gemeen! Een paard! Moet je zien hoe lief hij eruitziet!'

Matthijs tuurt door de schemerige ruimte. Hij ziet koeienpoep, magere koeienpoten, besmeurde koeienlijven, zwiepende staarten. Maar een paard?

'Waar?'

'Daar! Daar links!'

Eindelijk ziet hij het paard staan, ingeklemd tussen twee koeien. Lief is niet het eerste woord dat in hem op zou komen. Het beest is broodmager, en de bruine vacht is bedekt met schurftige plekken en aangekoekte poep. De ogen staan dof, en de staart ziet er smerig uit. Matthijs schudt zijn hoofd. Degene van wie dit paard was, heeft er zo te zien nooit naar omgekeken.

'Waarom brengen ze een paard naar het slachthuis?' Tessa pakt Matthijs bij zijn arm. 'Dat moet een vergissing zijn. Er is toch niemand die paard eet? Hé? Matthijs?'

Matthijs doet een stap achteruit, weg van de stank en het geloei. 'Wat?'

'Wat gaan ze doen met dat paard?'

Matthijs kijkt naar de grond. 'Ik denk dat ze er rookvlees van willen maken,' zegt hij somber. 'Paardenrookvlees...'

2. De slachtrij

'**P**aardenrookvlees?' roept Tessa ontzet. 'Dat bestaat niet!'
Matthijs haalt zijn schouders op. 'Ik heb het een keer gezien bij de slager. Paardenrookvlees. Van die dunne plakjes, weet je wel. Voor op brood.'

Tessa staart in de verte, alsof ze het voor zich ziet. Witte schaaltjes met plakjes gerookt paard. Ze huivert. Dan recht ze haar rug. 'We gaan hem redden!' zegt ze vastbesloten. 'Paardenrookvlees! Hoe kunnen ze!'

Ze pakt de ijzeren spijlen van de vrachtwagen weer vast en kijkt naar binnen. 'We gaan je redden, hoor,' zegt ze. 'Wacht maar. Wij zullen zorgen dat je niet op een boterham terechtkomt.'

Matthijs fronst zijn wenkbrauwen. 'Tes! Het is tien voor negen! Ik vind het ook heel zielig, maar we hebben helemaal geen tijd om paarden te redden. We moeten naar school! En trouwens, hoe wil je dat doen, een paard redden!'

Tessa draait zich om en kijkt hem aan. 'Als jij school belangrijker vindt dan het leven van een paard,' zegt ze koeltjes, 'dan ga je toch naar school? Dan red ik hem wel in mijn eentje.'

Matthijs zucht. 'Nee, natuurlijk vind ik school niet belangrijker dan een paard. Alleen – nou ja... We kunnen toch niet zomaar van school wegblijven?'

Tessa snuift en kijkt hem schamper aan. Matthijs voelt een blos omhoog kruipen. Ach. Misschien heeft Tessa wel gelijk. Misschien moet hij nu eindelijk maar eens wat minder braaf worden en wat meer durven. Hij haalt diep adem. 'Goed. Oké dan. Nou. Zeg het maar. Wat is je plan?'

'Ik heb geen plan.'

'O.' Matthijs denkt even na. 'We gaan hem niet stelen, hoor!'

'Pfff. Natuurlijk niet! Wat denk je wel! Ik heb een veel beter idee.'

'O ja? Ik dacht dat je geen idee had.'

'Heus wel! We gaan hem... we gaan hem...' Tessa wrijft over haar neus. 'Ja! Dat is het! We gaan hem kopen!'

'Kopen?' Matthijs schudt zijn hoofd. 'Zoveel geld hebben we nooit! Een paard kost vast wel een paar honderd euro!'

Tessa snuift. 'Een springpaard misschien. Maar zo'n paard als dit niet, hoor. Ik heb zeven euro. Hoeveel geld heb jij?'

Matthijs denkt na. Hij is pas jarig geweest, en hij heeft van zijn opa's en oma's geld gekregen omdat hij aan het sparen is voor een gameboy. Hij vindt het eigenlijk maar niks om al dat geld nu ineens weer kwijt te zijn. 'Bijna veertig euro,' zegt hij onwillig.

'Mmm.' Tessa fronst. 'Zevenenveertig euro. Dat is misschien niet genoeg, hè?'

'Nee, ik weet wel zeker dat dat niet genoeg is!'

Tessa schudt langzaam haar hoofd. Ze staart in de verte. 'Maar als we nou...' Ineens grijpt ze Matthijs bij zijn arm en kijkt hem enthousiast aan. 'Ja! Dat is het! We vragen gewoon hoe duur hij is. En als hij te duur is, dan vragen we gewoon of we hem kunnen huren!'

'Huren?' Matthijs rolt met zijn ogen. Daar moet je echt een meisje voor zijn, om op zulke belachelijke ideeën te komen.

'Ja! Tot we geld genoeg hebben om hem te kopen! Dan houden we gewoon een actie op school en dan gaan we hem met alle kinderen samen kopen. Kom mee!' Ze loopt naar de deur van het slachthuis.

'Tessa! Luister nou! Een paard kún je helemaal niet...'

Geërgerd klakt Matthijs met zijn tong. Tessa luistert helemaal niet. Hij rent achter haar aan en pakt haar bij haar schouder.

Tessa draait zich om. 'Wat?' zegt ze met een vermoeide blik.

'Oké, stel je voor dat het lukt. Het lukt natuurlijk niet, maar stel je voor. Wat dan? Wat wou je dan doen met dat paard?'

'Nou, dan zetten we het ergens in een wei, natuurlijk! Al die weilanden hier in de buurt staan toch leeg! Kom je nou nog, of moet ik alles alleen doen?'

Matthijs schudt zijn hoofd. Tessa heeft ook overal een oplossing voor. Een totaal geschifte oplossing. Die nooit werkt. Waar is hij in verzeild geraakt! Waarom is hij ook zo suf om samen met een meisje naar school te fietsen! Dan vraag je natuurlijk ook om problemen!

Tessa staat al bij de deur naar het kantoortje, en duwt de deurklink haar beneden. Ze kijkt hem met opgetrokken wenkbrauwen aan.

Matthijs steekt zijn handen in de lucht. Maar dan loopt hij naar haar toe. Wat maakt het ook uit als ze voor gek staan. Ze zien deze mensen toch nooit meer terug.

Het is koel in het kantoortje en schemerig, en het ruikt er naar sigarettenrook. Er ratelt een printer. Matthijs kijkt om zich heen. Bij het hoge raam staan twee oranje plastic stoelen en een stevig wit tafeltje met glimmende ijzeren poten. In een asbak ligt een smeulende sigaret. Een zware donkerhouten tafel met een computer verdeelt de ruimte in tweeën.

'Hallo,' zegt Tessa.

De printer zwijgt. Het is ineens doodstil in de ruimte. Waar is de vrachtwagenchauffeur gebleven? Die is hier toch naar binnen gegaan?

Een minuut gaat voorbij zonder dat er wat gebeurt. 'Hallo!' zegt Tessa, iets harder.

'Er is hier niemand,' zegt Matthijs hoopvol.

'Echt wel,' zegt Tessa. 'Hé! Hallo daar!'

Er klinken voetstappen, een deur gaat open en een keurig opgemaakte dame in een strak kort spijkerrokje en een roze T-shirt komt het kantoortje binnen. 'Goedemorgen,' zegt ze, niet onvriendelijk. 'Waarmee kan ik jullie helpen?'

'Wij willen dat paard kopen,' zegt Tessa. 'Als het tenminste niet te duur is. Anders huren we hem.'

De dame trekt haar wenkbrauwen op. 'Paard kopen?'

'Ja!' valt Matthijs haar bij. Nu hij er toch bij is, kan hij zich er net zo goed helemaal instorten. 'Dat paard, dat daar in die vrachtwagen uit Polen staat. Wat kost dat?'

De dame glimlacht. 'Sorry. Wij verkopen niet. Dit is slachtvee.'
'Ja, maar wat maakt dat nou uit!' zegt Tessa. 'Of u nu van ons uw geld krijgt of van de slager.'
'Sorry,' zegt de dame. 'Daar kunnen we niet aan beginnen.' Ze gaat achter haar computer zitten en begint te typen alsof ze er niet meer zijn.
'Waarom niet?' zegt Tessa. 'Kijk. Het zit zo. Wij hebben geld. U hebt een paard. U krijgt ons geld. Wij krijgen uw paard. Dat heeft voor u alleen maar voordelen. Hoeft u een kogel minder te verspillen. Hebt u er ook geen viezigheid van. En dan hebt u ook geen werk aan het uh... erafhalen van het vel en aan het in stukken snijden en het bloed eruit laten lopen en zo.'
Een grijns trekt over Matthijs' gezicht. Hij kan het niet helpen. Hij heeft ineens een visioen van een keurige dame die met een groot mes dode paarden en koeien in stukken hakt.
'Aha...' zegt de dame langzaam. Ze kijkt op van haar computer. De glimlach is van haar gezicht verdwenen. 'Vertel me eens. Eten jullie wel eens een lekkere gehaktbal, thuis? Of een stukje worst in de boerenkool?'
'Jawel hoor,' zegt Matthijs.
'Ik niet,' zegt Tessa. 'Ik eet geen vlees. Maar daar gaat het niet om. We willen gewoon dat paard kopen. Of anders huren. Alstublieft.'
'Mmm.' De dame ziet er steeds minder vriendelijk uit. 'Een momentje.'
Ze verdwijnt door de deur een donkere gang in. Matthijs schraapt zijn keel en kijkt op zijn horloge. Twee voor negen. Al achtentwintig minuten te laat. Hij lijkt wel gek dat hij zich hierin mee heeft laten slepen. Wat moeten ze met een paard!
Hij hoort een deur dichtslaan. Verderop in het gebouw klinkt geloei. Daarbovenuit klinkt boos gepraat. Voetstappen komen dichterbij. Ineens klapt de deur open. Een stevige man met een nors uiterlijk stapt het kantoortje binnen, een sigaret tussen zijn duim en wijsvinger. Boven op zijn hoofd is hij kaal, maar het haar dat aan de zijkanten overgebleven is, hangt in een dunne, grijze

15

staart in zijn nek. Hij draagt een overall, zwarte laarzen en een bebloed schort. Hij neemt een flinke trek van zijn sigaret en neemt Matthijs en Tessa van hoofd tot voeten op. 'Ja?' snauwt hij.

'We willen graag dat paard van u kopen,' zegt Matthijs beleefd, terwijl hij probeert niet naar het schort te staren. 'Dat paard dat daar in de vrachtwagen staat. Uit Polen. Kan dat?'

De man rochelt en spuugt in de prullenbak. 'Sorry,' zegt hij. 'Te laat. Staat al in de slachtrij.'

3. De koeienopstand

Als ze weer buiten staan, in de frisse lucht, kijken ze elkaar aan. 'De slachtrij...' fluistert Tessa met grote ogen, 'Betekent dat...'

'Ik denk het wel,' zegt Matthijs somber. 'Ik denk dat hij zo aan de beurt is.'

'Om doodgemaakt te worden...'

Matthijs knikt. De vrachtwagen staat nu op de binnenplaats, en de chauffeur is samen met twee breedgeschouderde mannen bezig de laatste koeien uit te laden. De koeien kunnen maar een kant op: tussen een dubbele rij dranghekken door in de richting van een open deur, die toegang geeft tot een donkere hal. Een koe glijdt uit over het gladde, met verse poep bedekte asfalt. Een paar andere koeien doen een wanhopige poging om weg te komen van de dranghekken. Maar ze dringen zichzelf en elkaar alleen maar verder in de richting van de deur. Daar staat het bruine paard, ingeklemd tussen de koeien. Het kijkt onrustig om zich heen. Nog vijf meter. Dan gaat het de slachthal binnen.

De chauffeur port de gevallen koe met een stroomstok. Een schok gaat door de koe heen, en ze probeert overeind te komen, maar zakt weer door haar voorpoten. De man haalt uit en slaat haar met zijn stroomstok hard tegen het achterlijf. De koe loeit erbarmelijk, komt overeind en springt weg van haar belager, de rij met koeien in.

Matthijs staat als verstijfd toe te kijken, zijn vuisten gebald. Wat een afschuwelijk gezicht!

Tessa heeft haar handen voor haar gezicht geslagen, maar kan het niet laten om tussen haar vingers door te kijken. 'We moeten er wat aan doen!' zegt ze gesmoord.

'Wat?' zegt Matthijs. Hij wendt zijn blik af van de dringende en duwende koeien. Hij hoort vanuit de geopende deur een knal, en nog een. Hij voelt zich misselijk worden. 'We kunnen hier niks aan doen!'

Tessa knikt langzaam. Ze haalt haar handen weg van haar gezicht. Matthijs ziet dat de tranen in haar ogen staan. 'Je hebt gelijk. We kunnen er niks aan doen. Laten we maar gaan. Ik kan er niet naar kijken.'

Matthijs knikt. Hij werpt een laatste blik op het paard. Arm beest...

Op dat moment breekt er een chaos uit. Een van de koeien heeft zich weten om te draaien en probeert tegen de stroom in terug te lopen naar de vrachtwagen. De chauffeur ziet het. Hij rent eropaf, en port en prikt het beest met zijn stroomstok. De koe brult van pijn, valt neer, staat weer op en stort zich tussen de andere koei-en. Die beginnen te loeien en duwen net zo hard terug. Het bruine paard, dat nu op nog geen twee meter van de ingang staat, hinnikt en briest. De ijzeren hekken beginnen te wankelen en te verschuiven onder het gewicht.

Matthijs en Tessa blijven staan. Wat gebeurt hier?

'Ze komen in opstand,' mompelt Matthijs.

'Wat?' zegt Tessa.

'Niks,' zegt Matthijs. 'Hé! Moet je dat zien!' Hij wijst naar een koe, die helemaal dol is geworden en eerst haar achterpoten en daarna haar voorpoten omhoog gooit. En dan ineens, voor hij door-heeft wat er gebeurt, is de koe over het dranghek heen. Twee mannen rennen eropaf en proberen het beest te grijpen. Maar de koe springt ook over het tweede hek heen en gaat er als dolge-worden stier vandoor, de vrijheid tegemoet.

'Aan de kant!' schreeuwt Matthijs. Net op tijd kan hij Tessa opzij trekken. De koe komt rakelings langs hen heen gestormd, de par-keerplaats over, de weg over, een braakliggend terrein op. De twee mannen rennen erachteraan, maar blijven hijgend op de parkeerplaats staan als ze zien dat de koe in de verte verdwijnt.

'De auto!' zegt een van hen.

'Oké!' zegt de ander. Ze rennen op een kleine Fiat af en springen erin. Met piepende banden rijdt de auto de parkeerplaats af, het ongelijke terrein op.

Achter zich hoort Matthijs geschreeuw en geloei. Hij kijkt om. In de chaos heeft nog een koe kans gezien om te ontsnappen. Het dier rent nu rond langs het buitenste dranghek en zoekt wanhopig naar een uitweg. De chauffeur probeert hem te raken met zijn stroomstok, maar het dier rent heen en weer en laat zich niet vangen. Alle andere koeien zijn in paniek geraakt, duwen en verdringen elkaar, en proberen tevergeefs langs het binnenste dranghek te komen. Een paar mannen met grote bebloede schorten voor zijn op het geluid afgekomen, en proberen de koeien naar binnen te drijven, de slachthal in.

Dan ineens gebeurt het. Als in slowmotion ziet Matthijs het paard, dat op nog maar een halve meter van de deur naar de slachthal staat, omhoogkomen en een sprong maken. Over het binnenste dranghek. Over het buitenste dranghek. Het schuim staat hem op de mond.

'Houd het paard!' schreeuwt een van de slachters. Hij rent op het paard af en probeert het bij de halster te grijpen. Twee anderen komen met opgeheven stroomstok aangehold.

'Neeeeee!' schreeuwt Tessa in paniek.

Maar het paard is iedereen te snel af. Het steigert, komt met zijn hoeven vlak naast een van de mannen neer en galoppeert weg over de binnenplaats, de poort door, de parkeerplaats over, de weg op, in de richting van het industrieterrein.

'Kom op!' roept Matthijs. 'Erachteraan!'

'Waar kan hij heen zijn?' hijgt Tessa. Ze remt af en kijkt naar links en naar rechts.

'Ik weet het niet.' Matthijs slikt en veegt met de rug van zijn hand het zweet van zijn voorhoofd. De eerste paar minuten is het ze gelukt het paard te volgen. Het bleef galopperen, zonder in te houden. Langs de garages, langs een meubelfabriek, een tegelbedrijf, een meubelshowroom, rechtsaf in de richting van de sloperij, een verhuisbedrijf en een koffiebranderij. Maar nu zijn ze bij een splitsing, en er is geen spoor van het paard te bekennen. Waar kan het gebleven zijn? Een paard kan toch niet zomaar in het niets oplossen? Matthijs kijkt om zich heen, maar er is niets te zien. Vreemd eigenlijk dat er niemand van het slachthuis achter het paard is aangegaan. Waarschijnlijk hebben ze het te druk met al die dolgeworden koeien.

Een lesauto komt langzaam aangereden, en begint midden op de weg te keren. Een keer, twee keer, drie keer... Matthijs gooit zijn fiets tegen een lantaarnpaal, stapt op de auto af en houdt zijn hand op.

Een raampje glijdt naar beneden, en Matthijs ziet een zwetende jongeman achter het stuur zitten.

'Hallo,' zegt hij. 'Mag ik even wat vragen?'

De jongeman kijkt onzeker van Matthijs naar zijn rij-instructeur, alsof hij niet weet of het tijdens de rijles toegestaan is vragen te beantwoorden.

'Nee!' snauwt de rij-instructeur vanaf de rechterstoel. 'Ben je gek geworden of zo? We zijn hier aan het oefenen.'

'Ja, ik ga zo weg, maar ik wou even vragen of u ook een paard hebt gezien, toevallig.'

'Wegwezen!' schreeuwt de rij-instructeur met een rood hoofd.

'Dus niet?' zegt Matthijs.

Het raampje glijdt weer omhoog en de jongeman begint weer aan zijn stuur te draaien. De auto rijdt achterop tegen de stoeprand op. 'Hij snapt er niks van,' mompelt Matthijs. 'Tegensturen, sufferd!'

'Wat?' zegt Tessa.

'O, niks. Die jongen in die auto.'

'Huh?'

'Laat maar. Volgens mij hebben ze geen paard gezien. Dan moeten we dus die kant op.' Hij wijst naar rechts.

'Oké.'

Ze rijden verder. Matthijs bedwingt de neiging om steeds op zijn horloge te kijken. Ze zijn nu toch hopeloos te laat. Hij kan er maar beter van proberen te genieten dat hij op deze prachtige lentedag zomaar buiten fietst. Terwijl alle andere kinderen uit hun klas nu hun rekenboek voor zich hebben liggen, en hun hoofd breken over de vraag hoeveel stenen dat kapotte muurtje heeft, en hoeveel kilometer Jan moet fietsen als hij onderweg van huis naar school nog even bij het slachthuis langsgaat.

Ze zijn het industrieterrein al bijna weer af. Daar zijn de voetbalvelden al. Dat trainen vanmiddag kan hij natuurlijk wel vergeten. Geen enkele kans dat meester hem laat gaan. Gelukkig dat zijn vader en moeder een week weg zijn. Joost en Splinter, zijn oudere broers, vinden het alleen maar leuk als hij ook eens straf krijgt. Er wordt op school nog steeds gepraat over alle dingen die zij hebben uitgehaald.

Joost en Splinter hebben zelfs een geheim logboek op zolder, waar ze al hun wandaden in opgeschreven hebben, compleet met de straffen die ze gekregen hebben, en punten die ze zichzelf gegeven hebben voor hun originaliteit. Het wordt hoog tijd dat hij ook in dat boek komt te staan. Zodat ze hem eindelijk ook eens serieus gaan nemen.

Hé... daar! Op het voetbalveld! Daar, achter die rij hoge bomen... is hem dat niet?

4. Pineut

Zo zacht als hij kan sluipt Matthijs naar het paard toe. Het staat te grazen aan de rand van het voetbalveld. Matthijs ziet hoe er zo nu en dan een rilling door het dier heengaat. De smerige bruine vacht glimt van het zweet. Nu ziet Matthijs pas goed hoe slecht het dier eraan toe is. Het is zo mager dat de ribben door het vel heensteken, en de huid is op sommige plekken helemaal open. Een van de oogballen lijkt uit de kas te puilen en is helemaal rood. Hoe lang is er niet naar dit paard omgekeken? Hoe lang heeft het niets te eten of te drinken gehad?

Hij heeft er geen idee van hoe het paard zal reageren als hij hen ziet. Als het maar niet schrikt en weer wegrent. Hij kijkt even achterom naar Tessa. Die wijst met haar duim naar links. Matthijs knikt, komt overeind en loopt heel langzaam, ervoor zorgend geen abrupte bewegingen te maken, rechts langs het paard. Dan pakt hij het bij de halster. Het paard knippert nerveus met zijn ogen, en draait met zijn oren. Maar hij rent niet weg. Tessa legt haar armen om zijn hals en aait over de zachte neus. Ze fluistert iets tegen het paard, en het lijkt iets te kalmeren.

'Haal jij water voor hem,' zegt ze zacht tegen Matthijs. 'Ik neem die halster wel.'

Matthijs knikt, geeft de halster over aan Tessa en loopt dwars over het voetbalveld in de richting van het clubhuis. Hij heeft een emmer nodig. Of een teiltje of zo. In elk geval iets waar veel water in kan.

Hij probeert de deur. Gelukkig, die is open. Hij gaat naar binnen en kijkt in de kleedkamers. Een handdoek, een vergeten shirt, een pakje oud brood. Maar geen emmer.

'Hé, Matthijs!' klinkt een stem.

Matthijs kijkt geschrokken om. Het is Dina, de vrouw die altijd achter de bar staat en die de boel schoonhoudt hier. Ze loopt zoals altijd in een veel te groot voetbaltenue, en heeft een vreemde, ronde stofzuiger in haar hand. 'Wat doe jij hier nou?' zegt ze verbaasd.

'Ik eh... ik zoek een emmer.'

'Een emmer? Moet jij niet op school zitten?'

'Ja, ik moet zo weg. Maar ik heb even een emmer met water nodig. We... nou ja. Tessa en ik hebben een paard gered. Nee, ik bedoel, we hebben een paard *gevonden*.' Wat zegt hij nou weer! Ze hebben dat paard helemaal niet gered. Het is zelf het slachthuis ontvlucht.

Dina trekt haar wenkbrauwen op. 'Een paard gevonden?'

Matthijs spreidt zijn handen uit, alsof hij er ook niets aan kan doen. 'Ja.'

'Hm,' zegt Dina. 'Tjonge.'

'Ja.' Het lijkt Matthijs het beste om er verder niet te veel over te zeggen.

'Enne... waar heb je dat paard dan? Toch niet op het voetbalveld, hoop ik?'

'Nee, nee. Daar, aan de rand.'

'Zorg ervoor dat hij niet op het veld komt, alsjeblieft.'

'Tuurlijk. Maar heb je ook een emmer voor ons te leen?'

Dina aarzelt even, en haalt haar schouders op. 'Oké, ga maar mee.' Ze gaat hem voor, een klein gangetje in. Ze trekt een kastdeur open en haalt een grote, zwarte emmer te voorschijn. 'Spoel hem goed om, zodat er geen schoonmaakmiddel meer in zit. En zet hem straks weer terug.'

'Oké! Bedankt!' Matthijs neemt de emmer mee de kleedkamers in, spoelt hem om bij de wasbakken en laat hem dan vol water stromen. Hij stopt het pakje brood dat vergeten op de bank ligt in zijn broekzak en loopt, scheef hangend door het gewicht van de emmer, terug naar Tessa.

Hij zet de emmer voor het paard neer. 'Hier, alsjeblieft,' zegt hij. Hij krabt het beest tussen zijn oren. 'Ga maar drinken.'

Het paard buigt zijn nek en drinkt. Matthijs kijkt tevreden toe. 'Zo,' zegt hij. 'Die had dorst.'

'Volgens mij heeft hij dagenlang geen eten en drinken gehad,' zegt Tessa. Ze heeft de halster losjes vast, en kijkt liefdevol naar het paard. 'Zullen we hem Brownie noemen?'

'Brownie?' zegt Matthijs vol afkeer. 'Wat is dat nou voor een naam!'

'Nou, Brownie is toevallig een prima naam voor een bruin paard! Of weet jij soms wat beters?'

'Wat dacht je van Ribbie? Omdat je zijn ribben zo goed kan zien?'

'Haha. Heel leuk.'

Het paard heeft de emmer bijna leeg geslobberd. Matthijs herinnert zich ineens het brood dat hij heeft meegenomen uit de kleedkamer. Hij haalt het tevoorschijn, trekt het plastic eraf en ruikt eraan. Brood met kaas. Zou een paard dat mogen? Vast wel. Hij legt het op zijn hand en houdt het het paard voor. Met voorzichtige lippen pakt het dier het brood eraf en eet het op.

'Hé!' zegt Tessa. 'Ik heb ook nog brood! En een appel! Houd hem even vast, dan pak ik het!'

Ze rent naar haar fiets en komt weer terug met een gebutste appel en een platgedrukt zakje brood. 'Voor een paard nog best lekker,' verdedigt ze zich. 'Zie je wel? Hij eet het achter elkaar op. Heb jij niet ook nog wat?'

'Brood met worst,' zegt Matthijs.

'Bah!' zegt Tessa. 'Dierenbeul! Nee, eet dat maar zelf op. Sorry, Brownie. We hebben niet meer.'

'Um... ik wil ons natuurlijk niet opjagen of zo,' zegt Matthijs. 'Maar het is nu al bijna halftien. Volgens mij moeten we nu even snel beslissen wat we gaan doen.'

'In elk geval niet terug naar het slachthuis,' zegt Tessa. 'Hè, Brownie?'

Brownie beweegt met zijn oren alsof hij begrijpt wat ze bedoelt.

Matthijs knikt. Hij voelt er ook niets voor om het paard terug te brengen naar dat afschuwelijke slachthuis. Maar aan de andere kant, hij wil ook geen paard stelen.

'Kijk,' zegt Tessa, die zijn gedachten lijkt te raden. 'Het is niet dat

we hem jatten of zo. Heus niet. Maar die man hè, die man met al
dat bloed aan zijn kleren, die zei toch dat we hem niet konden
kopen omdat hij in de slachtrij stond? Nou, nu staat hij niet meer
in de slachtrij. Dus nu kunnen we hem wel kopen.'
'We hebben geen geld om een paard te kopen.'
'Nee, dus we gaan een actie houden om geld te verdienen, zodat
we hem wel kunnen kopen. Maar in de tussentijd moeten we
hem verstoppen.'
Matthijs zucht. Ergens heeft hij het idee dat er iets niet helemaal
klopt. Maar Tessa heeft natuurlijk wel gelijk. Als ze gewoon voor
dat paard betalen, dan is het geen stelen. 'Oké,' geeft hij toe.
'Maar waar verstop je een paard?'
'In een weiland? Ergens aan de andere kant van de stad? Bij de
Zwarte Dijk of zo?'
Matthijs zucht. 'Dat kan toch niet, Tes! Je kunt toch niet zomaar
een paard in iemands weiland gaan zetten! En trouwens, ik wed
dat iemand hem dan ziet.'
Tessa trekt een diepe rimpel in haar voorhoofd. Dan ineens ver-
heldert haar gezicht. 'Ik weet het!'
'Wat?'
'Waar we hem kunnen verstoppen!'
'Waar dan?'
'Bij jullie in de achtertuin!'
'Nee!'
'Ja! Dat is een hartstikke goeie plek, man! Niemand kan die ach-
tertuin van jullie inkijken. En jullie hebben heel veel gras.'
'Nee.' Matthijs doet zijn armen over elkaar heen en kijkt vastbe-
sloten.
'Waarom niet?'
'Dan moet hij door het huis!'
'Nou en?'
'En straks poept hij in de keuken!'
'Dan ruim ik het wel op.'
'En mijn vader en moeder vinden dat nooit goed!'

'Maar die zijn er niet. En die hoeven het ook niet te weten. Het is maar tijdelijk. Tot we een betere plek hebben.' Tessa kijkt hem smekend aan. 'Ah, toe... alsjeblieft! Ik help je! Ik kom bij jullie logeren! Jij hoeft niks te doen! Oké?'

Matthijs slaakt een diepe zucht. Hier gaat hij problemen mee krijgen. Hij voelt het nu al. Maar wat heeft hij nog voor kansen als Tessa eenmaal iets in haar hoofd heeft? Hij haalt zijn schouders op. 'Oké dan maar. Maar als mijn vader en moeder terugkomen, moet hij weg zijn!'

'Yes!' Tessa kijkt hem aan alsof ze hem om de hals wil vliegen. Gelukkig houdt ze zich nog net op tijd in. Ze steekt haar hand op en slaat tegen zijn hand aan alsof ze net een doelpunt gescoord heeft. 'Bedankt! Je bent geweldig!'

'Jaja.'

'Nee, echt, ik meen het! Kom! Dan gaan we meteen naar je huis! We moeten hem snel verstoppen! Voor er iemand van het slachthuis langskomt! Want dan zijn we de pineut!'

Matthijs knikt en loopt in gedachten verzonken terug naar de fietsen. Tessa komt met het paard achter hem aan. Ineens draait hij zich om. 'Ja!' zegt hij. 'Dat is het! Dat is een goeie naam!'

'Huh?' Tessa kijkt hem aan alsof hij zijn verstand verloren heeft. 'Wat?'

'Pineut! We noemen hem Pineut! Omdat hij bijna de pineut was!'

Een grijns trekt over Tessa's gezicht. Ze knikt langzaam. 'Pineut...' zegt ze zachtjes voor zich uit. 'Klinkt goed.' Ze legt haar arm over de nek van het paard heen. 'Hé, Brownie! Vind je het goed dat we je Pineut noemen?'

5. Een paard in de gang

'Hoe kunnen we dat het beste doen?' vraagt Tessa. 'Misschien moet ik maar op zijn rug klimmen. Dan kan ik hem tenminste sturen. Ik hoop niet dat hij op hol slaat.'
'Ben je helemaal!' zegt Matthijs. 'Op zo'n paard ga je toch niet rijden! Dat arme beest! Straks zakt hij nog door! We gaan gewoon fietsen, en jij houdt hem maar aan zijn halster vast. Hij loopt heus wel met je mee. Hè, Pineut?'
Hij steekt zijn hand uit naar het paard, maar springt snel achteruit als Pineut hem probeert te bijten. Tessa lacht. 'Oké,' zegt ze. 'Rijd jij maar voor ons uit. Dan komt Pineut vast wel achter je aangerend.'

Als Matthijs zijn fiets gepakt heeft, blijft hij even staan om na te denken. Welke weg kunnen ze het beste nemen? Ze moeten zo min mogelijk mensen zien tegen te komen. Langs de volkstuintjes maar, en daarna door het park. Ze zullen dan nog een klein eindje over de gewone weg moeten, maar dat is niet te voorkomen.
'Hoe gaan we?' vraagt Tessa.
'Daar naar links, en dan langs de volkstuintjes.'
'Oké. Kom op, Pineut! Lopen!'
Terwijl Matthijs langzaam voor Tessa uit fietst, kijkt hij naar alle kanten. Wat moeten ze doen als ze iemand tegenkomen? Wat zal er gebeuren als ze gepakt worden?
'En trouwens,' roept Tessa, 'het is maar goed dat wij hem meenemen. Stel je voor dat ze een ziek paard slachten! Dan komt er besmet vlees in de winkels te liggen. Krijgen we straks allemaal mond- en klauwzeer.'
'Mond- en klauwzeer?' Matthijs kijkt verschrikt om naar het paard, dat lusteloos naast Tessa meesjokt. 'Heeft hij mond- en klauwzeer?'

Tessa grijnst. 'Geen idee. Ik heb geen verstand van paarden. Maar het zou toch kunnen? En trouwens, weet je wat ik pas gehoord heb? Als je een gestresst dier afmaakt, dan krijg je ontzettend taai vlees. Dus.'

'Dus wat?'

'Nou, dus, gewoon, we doen ze daar bij het slachthuis alleen maar een plezier dat we Pineut van ze overnemen. Je denkt toch niet dat ze ziek, taai vlees willen verkopen?'

Matthijs grinnikt en schudt zijn hoofd. Tessa weet het goed te verkopen. Hij zou het bijna geloven.

Tot Matthijs' verbazing verloopt de tocht zonder problemen. Ze worden een paar keer ingehaald door een auto, en ze passeren een oude meneer op een fiets. Maar er is niemand die afremt en op boze toon vraagt: 'Waar gaat dat heen met dat paard?'

Als ze bij de uitgang van het park zijn, springt Matthijs van zijn fiets. Hij loopt onder de Broederpoort door en kijkt de straat in. De Ebbingestraat oversteken en dan de Broederweg in. Nog vijfentwintig meter... dan zijn ze thuis. Zouden ze het redden?

Achter zich hoort hij Tessa remmen. Pineut schraapt met zijn hoeven over het grind en briest. 'Rustig maar,' hoort hij Tessa zeggen. 'Rustig maar. We zijn er bijna.'

'Ga jij onder de poort staan,' wijst Matthijs. 'Daar, in de schaduw. Ik fiets naar huis en doe de deur vast open. Ik kijk of de kust veilig is. Als ik zwaai, kun je komen. Oké?'

Tessa knikt. Met haar fiets aan de ene en Pineut aan de andere hand loopt ze de poort binnen en gaat bij de muur in de schaduw staan. Matthijs springt weer op zijn fiets, steekt de weg over en racet het laatste stukje naar huis. Hij trekt zijn wiel omhoog, stuurt de stoep op en gooit zijn fiets tegen de muur. Hij zoekt in zijn broekzakken naar de sleutel. Als buurvrouw Van Zelzaete nu maar niet naar buiten komt om te vragen wat er aan de hand is...

Buurvrouw Van Zelzaete is al minstens tachtig jaar, en heeft een vreselijke hekel aan kinderen. Volgens Splinter brengt ze haar

dagen door achter de vitrage, in de hoop Joost of Matthijs of hem-
zelf op een misdaad te betrappen. Als ze ontdekt dat hij niet op
school is...

Snel steekt hij de sleutel in het slot en draait hem om. De deur
zwaait open.

'Hé, Thijs!' klinkt de stem van Splinter. 'Wat doe jij hier nou!'

Matthijs kijkt omhoog. Zijn broer Splinter staat op de trap, alleen
gekleed in een boxershort. Zijn haar staat alle kanten op. 'Ben je
ziek geworden of zo?'

'Nee. Ik leg het zo wel uit. Maar doe even wat aan, alsjeblieft.'

Een glimlach trekt over Splinters gezicht. Hij balt zijn vuisten en
buigt zijn armen als een bodybuilder. 'Ja, je kunt het niet hebben,
hè, dat ik zo'n brede borstkas heb.'

'Nou, ik wel, Rambo, maar Tessa misschien niet.'

'Wát?'

'Ik ben zo terug!' Matthijs draait zich om naar de straat en kijkt
links en rechts. Een paar studenten komen voorbij fietsen. Een
moeder met een kind in een voorzitje. Een paar auto's die een
parkeerplek aan het zoeken zijn. Dan is de straat leeg. Matthijs
gaat op zijn tenen staan en zwaait met beide armen. Tessa komt
samen met Pineut uit de schaduw tevoorschijn en steekt de weg
over. Het lijkt wel of het geklikklak van de paardenhoeven extra
goed te horen is, in deze smalle straat met hoge huizen. Matthijs
rent naar Tessa toe en neemt de fiets van haar over.

'Kun je niet wat sneller?' zegt hij, terwijl hij om zich heen kijkt.
Beweegt daar wat achter die gordijnen?

'Hij wil niet sneller. Hij is moe, volgens mij. Kom maar, Pineut.
Hier de stoep op. Ja, braaf. Ga maar naar binnen.'

Zonder aarzelen stapt Pineut achter Tessa aan naar binnen.
Matthijs zet Tessa's fiets op slot en gaat snel achter hen aan. Met
een zucht van opluchting doet hij de de deur weer dicht. Hij
veegt de zweetdruppels van zijn voorhoofd. Ze zijn veilig.
Voorlopig.

'Hallo,' zegt Splinter vanaf de trap. Hij heeft een korte broek aangetrokken, ziet Matthijs tot zijn opluchting, en hij heeft zijn haar
achterovergekamd.

'Zie ik het goed?' Splinter steekt zijn beide handen in de lucht en
begint te zingen. 'Er staat een paard in de gang, ja ja, een paard in
de gang...'

'Ja, heel leuk,' zegt Tessa pinnig.

'Dit paard hebben we gered,' legt Matthijs uit. 'Van het slachthuis.'

'O o, een paard in de gang! Bij juffrouw Jansen...' zingt Splinter.
Dan ineens buigt hij zich over de leuning heen. 'Wat zeg je nou?
Een paard gered? Onder schooltijd?'

'Heb je altijd zoveel commentaar?' zegt Tessa, terwijl ze zich
samen met Pineut langs de wc probeert te wringen. 'Help ons liever!'

'Ik vraag dat alleen maar,' zegt Splinter, terwijl hij naar beneden
loopt, 'omdat ik niet gewend ben dat mijn kleine broertje mijn
goede voorbeeld opvolgt.' Hij slaat Matthijs op zijn schouder. 'Een
paard gered, hè? Oké man!'

'Hé, luister eens, Splinter,' zegt Matthijs. 'Kun jij ons even helpen?
We zijn nu al meer dan een uur te laat. Kun jij alsjeblieft Pineut
even voor ons in de tuin zetten en water voor hem neerzetten?'

'Yo,' zegt Splinter, terwijl hij de halster van Tessa overneemt, en
het paard door de keuken naar de tuindeur leidt. 'Goed idee,
man, een paard. Hoef ik morgen het gras niet te maaien! Kom
mee, Pineut! Oef! Je stinkt een uur in de wind!'

'Maak hem ook even droog!' roept Matthijs, voor hij de deur achter zich dichttrekt. 'Hij is helemaal bezweet!'

'Je broer was ook niet erg verbaasd,' merkt Tessa op, als ze naar
school fietsen.

Matthijs haalt zijn schouders op. 'Hij en Joost hebben wel vreem-
dere dingen gedaan. Hij is hoogstens verbaasd dat ík een paard
mee naar huis neem. Ik ben altijd de braafste thuis.'

'Je wás de braafste, bedoel je. Vanaf vandaag kan niemand meer zeggen dat je braaf bent. Jouw broers hebben toch nog nooit een paard gestolen?'

'Gestolen?' vliegt Matthijs op. 'Gered zul je bedoelen! Geleend! Gehuurd! Ik heb niks gestolen!'

Tessa grijnst. 'Geintje!' Ze legt haar hand op zijn arm. 'Hé! Thijs! We hebben helemaal niet gezegd dat hij het aan niemand mocht vertellen.'

'Niet nodig. Splinter vertelt nooit iets door.'

'Nee?' Tessa staart in de verte. 'Cool,' zegt ze zachtjes. 'Ik wou dat ik een broer had.'

'O, je mag hem van mij hebben hoor,' zegt Matthijs onverschillig. 'Zo leuk is hij nou ook weer niet.'

'Nee, laat maar. We hebben nu al ruimte tekort, thuis. Houd jij hem maar. Hoe laat is het eigenlijk?'

Matthijs kijkt op zijn horloge. 'Kwart over tien geweest! Het is al pauze!'

'Mooi.' Tessa knikt tevreden. 'Kunnen we tenminste ongemerkt de klas binnenkomen.'

6. Pech

'Zo!' klinkt een dreigende stem. 'En waar komen wij vandaan, halverwege de ochtend?'

Matthijs, die net zijn fiets op slot zet, komt verschrikt overeind en stoot zijn hoofd tegen de bovenkant van de fietsenstalling. Het is meester! Wat een pech dat hij net pleinwacht heeft! Hij had zo gehoopt dat ze samen met de andere kinderen de klas binnen konden gaan, alsof er niets gebeurd was. Dat meester hen op de een of andere manier over het hoofd zou zien.

'We kunnen er niks aan doen, meester,' zegt Tessa. Ze pakt haar plastic tas onder haar bagagedrager vandaan en kijkt onbevangen naar meester op. 'We moesten iemand helpen.'

'Een Duitser,' zegt Matthijs.

'Ja, die de weg kwijt was.'

'Zo,' zegt meester. 'En dat heeft jullie ruim twee uur gekost?'

'Nou, nee,' zegt Matthijs aarzelend. 'We hebben hem geholpen, en toen...' Hij kijkt hulpzoekend naar Tessa.

'Toen moesten we weer iemand anders helpen,' gaat Tessa verder. 'Maar daar kunnen we niets over zeggen, want dat is geheim.'

'Ja, maar het was echt een noodgeval,' zegt Matthijs snel. 'Anders was hij nu dood geweest.'

'Ja, maar verder zeggen we...' – Tessa geeft Matthijs een stomp met haar elleboog – 'er dus niks over.' Matthijs kijkt haar boos aan. Wat heeft ze nou ineens! Alsof hij iets zou verraden!

Meester kijkt van de een naar de ander, zijn armen over elkaar. 'Naar de klas,' zegt hij afgemeten. 'Ik spreek jullie straks.'

Het is warm in het klaslokaal. Matthijs en Tessa zitten allebei zwijgend aan hun tafeltje. Matthijs gaat met zijn nagel door een kras die dwars over zijn tafel loopt. Het lijkt wel of iemand met de punt van een zakmes over de tafel is gegaan. Wie zou dat gedaan hebben? Zou hij er straf voor hebben gehad? Ineens vliegt de deur open. Matthijs slikt. Het is meester. Nu begint het...

Meester gaat op de punt van zijn tafel zitten. 'Is het ook in jullie opgekomen,' zegt hij langzaam, 'dat we hier wel eens heel ongerust zouden kunnen zijn? Toen jullie niet op kwamen dagen, heb ik geprobeerd naar jouw huis te bellen, Matthijs, maar daar nam niemand op. En toen heb ik jouw moeder gebeld, Tessa. En die wist niet beter dan dat jij op school zat.'

Tessa slaat haar ogen neer en bijt op haar lip.

'Hier heb je mijn mobieltje. Bel haar maar op om te zeggen dat je terecht bent.'

Tessa pakt meesters telefoon aan en toetst het nummer in. 'Hallo mam... Ik ben op school. Ja, sorry. Nee, daar had ik niet aan gedacht. Sorry. Oké... Doei.' Met een schuldbewust gezicht geeft ze het mobieltje terug aan meester.

'Jullie kunnen nog zulke nobele ideeën gehad hebben,' zegt meester, terwijl hij zijn mobieltje op zijn bureau teruglegt, 'maar dit kan natuurlijk niet. Gewoon van school wegblijven en niemand laten weten waar je bent. Er had wel ik weet niet wat gebeurd kunnen zijn. Je hoort de gekste verhalen, tegenwoordig. Ik stond op het punt de politie te bellen.'

'De politie?' zegt Tessa. Ze kijkt verschrikt.

'Ja. Dat doen we als iemand vermist is.'

'O.' Tessa laat het even tot zich doordringen. 'Maar we waren helemaal niet vermist!'

Meester kijkt haar hoofdschuddend aan. 'En hoe had ik dat kunnen weten?'

'O ja.'

'Vanmiddag blijven jullie na om jullie schoolwerk in te halen. En overmorgen mogen jullie de hele middag op school blijven om kauwgom onder de tafels weg te schrapen. En daarmee komen jullie hier héél makkelijk van af. Begrepen?'

'Ja meester,' zegt Tessa.

'Ja meester,' zegt Matthijs. Hij bedwingt een zucht. Wat je makkelijk noemt. Dat ze vanmiddag na moesten blijven, daar had hij op gerekend. Maar ook de woensdagmiddag nog? Dat is echt balen. Woensdag heeft hij een voetbaltoernooi.

'Maar mocht dit nog een keer gebeuren...' De bel gaat, en meester staat op en loopt naar de deur, 'dan zal ik het door moeten geven aan de inspecteur. En dan staat jullie heel wat ergers te wachten.'

'Mooie boel,' fluistert Tessa achter haar hand.

'Zeg dat wel,' fluistert Matthijs terug. 'Nu mis ik de training én dat toernooi van woensdag.'

Vanaf de gang klinkt gelach en gepraat, en langzaam stroomt de klas vol. 'Hé, Thijs!' zegt Esgo zacht. Hij komt naast hem zitten. 'Waar was je, man! Je hebt de rekentoets gemist!'

Matthijs kijkt om zich heen, en ziet de nieuwsgierige blikken van Sanne en Berber, die snel tegenover hem aan hun tafeltjes zijn gaan zitten. 'Vertel ik je straks, oké?' fluistert hij terug. 'In de volgende pauze.'

Esgo trekt zijn wenkbrauwen op, maar zegt niets.

'Matthijs en Tessa,' zegt meester als iedereen zit. 'Jullie kunnen helaas niet meedoen met de computerles. Jullie hebben nog een cijfertoets. De rest mag zachtjes naar het computerlokaal gaan. We gaan vandaag beginnen met Frontpage.'

Matthijs heeft moeite zijn aandacht bij de toets te houden. Steeds drijven dezelfde beelden zijn gedachten binnen. Die rij loeiende, dringende, angstige koeien, die man met die stroomstok, Pineut, die ineens begon te steigeren en weggaloppeerde. Als ze hier maar niet nog meer problemen mee gaan krijgen! Straks staat de politie nog bij hen op de stoep.

Hij zucht en kijkt op zijn papier. 'De straat is 200 meter lang en 7 meter breed. Dan is de oppervlakte van de straat...'

Matthijs kauwt op zijn pen. Op goed geluk zet hij een cirkeltje om antwoord B: 140 vierkante meter. Nog drie sommen. Dan is hij klaar.

'Een vierkante tuin heeft een oppervlakte van 16 vierkante meter. Hoeveel meter is de lengte van de tuin?'

Matthijs denkt aan hun eigen achtertuin, waar Pineut nu in staat te grazen. Als hij maar niet gaat hinniken. Stel je voor dat buurvrouw Van Zelzaete het hoort! En wat moet een paard eigenlijk eten? Zou hij genoeg hebben aan gras? Misschien dat Esgo het weet. Bij Esgo thuis hebben ze koeien. Hij heeft er vast wel verstand van.

'Matthijs!' klinkt meesters stem vlak bij zijn oor. 'Ik vroeg of je klaar bent!'

Matthijs schiet overeind. 'Bijna, meester.' Hij kijkt om zich heen. De rest van de klas komt alweer binnen. Is het al zo laat?

'Nog één minuut!'

Matthijs knikt. Snel vult hij de laatste drie multiple-choicevragen in. Dan brengt hij de toets naar meesters tafel. 'Klaar.'

'Dat zou tijd worden ook,' bromt meester. 'Ga snel weer op je plaats zitten. We gaan verder.'

7. Nablijven zeker?

Het is na vieren als ze eindelijk naar huis mogen. Het school-plein is leeg. Iedereen is al weg. Matthijs rent voor Tessa uit naar het fietsenhok. Hij kan niet wachten tot hij thuis is en kan zien hoe het met Pineut gaat. Zou hij er nog staan? Als de buur-vrouw maar niets gemerkt heeft.

'Hé, Thijs!' klinkt een bekende stem. Esgo komt vanachter het fietsenhok vandaan, zijn fiets aan de hand.

'Hé, Es!' zegt Matthijs enthousiast. 'Ben je gebleven?'

'Tuurlijk,' zegt Esgo. 'Ik wil nou eindelijk wel eens weten waarom jullie zo laat waren. En waarom jullie zo geheimzinnig doen. Waarom wou je niks zeggen in de pauze?'

Matthijs kijkt om zich heen. 'Kom maar mee naar mijn huis,' zegt hij met gedempte stem. 'Dan kun je het zelf zien.'

'Hoezo? Wat is er gebeurd?' Esgo kijkt hoopvol van Matthijs naar Tessa. 'Zeg nou. Is er ingebroken of zo?'

'Veel erger,' zegt Matthijs.

'Heb je de kraan van het bad open laten staan? Staat alles onder water?'

'Nee. Veel en veel erger.'

'Geef maar op,' zegt Tessa opgewekt. 'Je raadt het toch nooit. Ga je nou nog met ons mee of niet?'

'Oké,' zegt Esgo. 'Ik kom.'

Als ze onder de poort door gaan, ziet Matthijs het al. Buurvrouw Van Zelzaete is haar stoepje weer eens aan het schrobben. Over haar nette kleren draagt ze een lichtblauwe werkschort, en haar haar zit in een strakke knot achter op haar hoofd. Als ze Matthijs ziet, komt ze overeind. Ze zet haar bezem op de grond. 'Zo,' zegt ze streng, een hand in haar zij. 'Je bent laat vandaag. Nablijven zeker?'

Matthijs mompelt iets. Hij heeft geleerd om niet te veel te zeggen tegen de buurvrouw.

'Je begint steeds meer te lijken op die broers van je! Die zogenaamde grappen die ze altijd uithaalden... Gewoon misdadig noem ik het. Mijn zuster heeft nog altijd last van haar stuitje. Ze zal nooit meer de oude worden.'

Matthijs zoekt in al zijn broekzakken. Waar heeft hij de voordeursleutel nou toch gestopt?

'Schiet op!' sist Tessa in zijn oor.

'Jaja,' fluistert Matthijs terug.

'...vooral als jullie vader en moeder er niet zijn. En is er soms wat mis met jullie handen? Het is toch maandag vandaag? Waarom hebben jullie de container niet aan de straat gezet? De stank in de tuin is niet te harden!'

'Uh...' zegt Matthijs. 'Ik geloof dat Splinter dat zou doen.' Hij wringt de sleutel uit zijn broekzak.

'Ja, geef je broer maar weer de schuld,' zegt buurvrouw Van Zelzaete venijnig.

Matthijs doet snel de deur open, en duwt zijn fiets over de drempel de gang in. Tessa en Esgo komen achter hem aan.

'En een beetje rustig, alsjeblieft!' roept buurvrouw Van Zelzaete hem na. 'Ik ben al twee keer naar je broers gegaan om te zeggen dat ze de muziek zachter moesten zetten. Als ik weer wat hoor, bel ik de politie!'

'Pfff,' zegt Matthijs, als ze veilig binnen zijn. Hij veegt de zweetdruppels van zijn voorhoofd.

'Hé, Thijs!' roept Joost. Hij dendert de trap af. 'Wreed, man! Een paard! Hoe kom je daaraan?'

'Een páárd?' zegt Esgo verbaasd.

Matthijs knikt. 'Kom maar kijken. Hij staat in de achtertuin.'

'Ja,' zegt Tessa. 'En we hebben helemaal geen verstand van paarden. We weten niet eens wat hij moet eten.'

'Biks,' zegt Esgo automatisch. Dan geeft hij Matthijs een stomp tegen zijn schouder. 'Hoe kom jij nou aan een paard?'

'We hebben hem gered,' zegt Matthijs. 'Hij was ontsnapt uit het slachthuis.' Hij loopt de keuken in. De tuindeur staat open, en een schemerig groen licht valt naar binnen.

'Nog een geluk dat jullie zulke grote bomen in de achtertuin hebben,' fluistert Tessa. 'Anders zou de buurvrouw hem zo zien vanaf het balkon.'

Matthijs knikt. Hij stapt het terras op. Pineut staat in de schaduw onder de grote kastanjeboom te grazen. Zijn oren bewegen onrustig van voren naar achteren. Af en toe slaat hij met zijn staart om de vliegen te verjagen.

'Niet te geloven,' zegt Esgo, die naast hem komt staan. 'Wilden ze dat beest laten slachten?'

'Ja!' zegt Tessa verontwaardigd. 'Gemeen, hè?'

'Nee, dat bedoel ik niet,' zegt Esgo. 'Ik bedoel, zo'n mager paard, daar zit toch geen vlees aan!'

'Vlees!' zegt Tessa. Ze rolt met haar ogen. 'Is dat het enige waar je aan kunt denken?'

'En die vacht!' gaat Esgo verder. 'Verschrikkelijk!' Hij loopt naar Pineut toe. 'Kijk, die ronde kale plekken, overal. Zelfs op zijn hoofd, zie je dat? Hij heeft vast iets van schurft of zo. En wat heeft hij met dat oog? Moet je zien, man, dat is toch niet normaal! Ze hadden hem nooit naar het slachthuis mogen brengen. Hij had gewoon een spuitje moeten krijgen.'

'Precies,' zegt Matthijs. 'Dat vonden wij – wat zeg je?' Hij kijkt Esgo verontwaardigd aan. 'Een spuitje? Hoe bedoel je? Wat voor spuitje?'

'Om hem dood te maken zeker!' zegt Tessa boos.

'Uh...' zegt Esgo. Met een verontschuldigende grijns kijkt hij van Matthijs naar Tessa. Hij steekt zijn handen in de lucht alsof hij zich overgeeft. 'Sorry! Maar als wij een zieke koe hebben, en hij moet worden afgemaakt, dan gaat hij dus echt niet naar het slachthuis hè. Dan komt de veearts en die geeft hem een spuitje. En dan wordt hij opgehaald door een vrachtauto en dan wordt hij ergens verbrand. Ze zijn veel te bang dat mensen ook een of andere koeienziekte krijgen.'

Tessa snuift. 'Nee, als je er ziek van kunt worden, dan hoeven de mensen ineens geen vlees meer. Ze denken ook alleen maar aan zichzelf.'

'Ja, maar daar gaat het nu niet om, Tess,' zegt Matthijs snel. 'Het gaat nu om Pineut.

Denk je echt dat hij ziek is?'

Esgo haalt zijn schouders op. 'Ik weet het niet. Ik heb er natuurlijk ook geen verstand van. Maar ik vind dat hij er slecht uitziet.' Hij loopt naar Pineut toe, aait hem over zijn hals en begint zachtjes tegen hem te praten. Pineut tilt zijn hoofd op, maar blijft rustig staan. Esgo klopt op de ingevallen flanken, strijkt over de bottige rug, voelt aan de neus. Dan draait hij zich om. 'Koorts heeft hij niet, volgens mij. Hij is niet echt warm.' Hij aarzelt. 'Weet je, ik zit te denken... Zal ik mijn vader bellen of hij even wil komen kijken? Die heeft er in elk geval meer verstand van dan ik. Dan vraag ik gelijk of hij een emmer biks mee wil nemen.'

'Ja, graag,' zegt Matthijs.

'Nee, ben je gek!' roept Tessa. 'Het is toch geheim? Straks weet iedereen het! Ik wed dat ze al een grote zoekactie begonnen zijn, die mensen van de slachterij.'

'Nou ja, dan niet,' zegt Esgo beledigd. 'Als je denkt dat mijn vader niet te vertrouwen is.'

'Nee nee, zo bedoel ik het niet!' zegt Tessa. 'Maar...' Ze bijt op haar lip.

'Doe toch niet zo moeilijk, Tess,' zegt Matthijs. 'Stel je voor dat Pineut echt ziek is. Straks gaat-ie nog dood! En wat moeten we dan? Ik zie het geloof ik niet echt zitten om hem hier in de tuin te begraven!'

'O, maar dan help ik heus wel,' biedt Tessa aan.

'Nou, veel succes,' zegt Joost schamper. 'Je was er zeker niet bij toen we die hamster van Matthijs probeerden te begraven, vorig jaar.'

'Toen woonde ze hier nog niet,' zegt Matthijs.

'Nou, we zijn uren bezig geweest. De tuin hier zit zo vol met boomwortels dat je er niet in kunt graven.'

Matthijs knikt. 'En trouwens,' gaat hij verder, 'hoe lang denk je dat we dit geheim kunnen houden? Over een paar dagen komen mijn vader en moeder alweer terug.'

'Ja,' grinnikt Joost, 'en volgens mij is er maar weinig kans dat ze een paard over het hoofd zullen zien.'

8. Laat de staart ronddraaien

Besluiteloos staan ze bij elkaar op het terras. Matthijs merkt nu pas wat een dorst hij heeft. Hij gaat naar de keuken en haalt een fles cola uit de koelkast. Na een paar grote slokken geeft hij de fles door aan Tessa.

'Wat vind jij, Joost?' vraagt hij, terwijl hij zijn kin afveegt. Hij kijkt op naar zijn broer, die met zijn armen over elkaar tegen de deurpost geleund staat.

Joost haalt zijn schouders op. 'Zei je nou dat hij uit Roemenië kwam?'

'Uit Polen,' zegt Matthijs.

'Dan heeft dat beest misschien wel drie dagen in een vrachtwagen gestaan.' Joost laat de spierbundels in zijn arm rollen en kijkt er vol bewondering naar. 'Zelfs ik zou er niet meer op mijn best uitzien als ik zo lang gereisd had.'

Matthijs grinnikt. 'Vooral niet als je de hele tijd tussen de koeien had gestaan.'

Joost huivert. 'Alsjeblieft!'

Tessa laat de colafles zakken. 'Bedoel je dat hij niet ziek is?' vraagt ze hoopvol. 'Dat-ie alleen maar moe is van de reis?'

'Ja, ik heb natuurlijk helemáál geen verstand van paarden,' zegt Joost. 'Maar het zou best kunnen, toch? En dat hij gewoon een poos veel te weinig gegeten heeft? Waarom maken jullie hem niet eerst eens schoon, en geven jullie hem eens lekker te eten? En dan kijk je morgenochtend hoe hij eraan toe is. En als jullie dan denken dat hij ziek is, haal je er Esgo's pa erbij. Of de dierenarts. Je moet volwassenen er nooit te snel bijhalen. Die hebben het al druk genoeg.' Hij kijkt onschuldig naar de lucht.

'Je hebt gelijk,' zegt Tessa. 'Laten we eerst maar eens even zelf proberen om Pineut erbovenop te krijgen.'

Matthijs kijkt naar Esgo. Die knikt. 'Ik vind het best,' zegt hij. 'Mijn

vader zou vast zeggen dat we hem meteen terug naar het slachthuis moeten brengen.'
'Oké,' zegt Matthijs. 'Dan proberen we het eerst zelf. Als jij nou
even thuis biks gaat halen en hooi, Esgo, dan gaan wij Pineut
wassen. En dan moeten we daarna maar eens gaan vergaderen
over wat we met Pineut moeten doen. Hoe we hem kunnen redden van de slachters.'

'Ik heb wat gevonden!' roept Tessa van achter de computer. 'Hier
staat het! *Om een paard te wassen, heb je allereerst water nodig.*'
'Ja, duhuh!' zegt Matthijs. 'Daar was ik nou nooit opgekomen.
Zeker een website voor heel domme mensen. Staat er niet bij dat
je ook een paard nodig hebt?'
Tessa grinnikt. 'Nee. Maar wel dat je shampoo nodig hebt. O,
hebben jullie een tuinslang?'
'Ja.'
'*Bind het paard vast, zodat hij niet weg kan lopen. Spuit hem nat
vanaf de voetjes. En doe z'n hoofd met een spons.* Hebben jullie
een spons?'
Matthijs loopt naar de keuken en zoekt in het kastje onder het
aanrecht. 'Hier. Een schuursponsje. Zou dat goed zijn?'
Tessa kijkt hem verwijtend aan. 'Een schuursponsje? Hoor je wel
wat je zegt? Is dat arme beest nog niet genoeg beschadigd?'
'Ja, hèhè, we gebruiken natuurlijk niet dat groene stuk!' zegt
Matthijs. Met de zachte kant van het sponsje wrijft hij over zijn
wang. 'Dit doet echt geen pijn, hoor.'
'Oké dan.' Tessa tuurt naar het beeldscherm. '*Wrijf het paard in
met shampoo en laat het lekker soppen. Spoel hem goed af, want
anders krijgt hij jeuk. En maak hem daarna droog met een handdoek.*'
'Ja ja, ik snap het. Kunnen we nu beginnen?'
'*Om de staart droog te krijgen, moet je hem vastpakken bij de
staartwortel en hem hard ronddraaien*' gaat Tessa verder. 'Even
zien hoor, hoe moet dat?' Ze pakt haar eigen paardenstaart bij het

elastiekje vast en laat hem rondzwiepen. 'O, zo. Handig. Ga ik voortaan ook doen als ik mijn haar gewassen heb.'

Matthijs pakt een stapel keukenhanddoeken uit de kast. 'Heel handig. Maar laat nou alsjeblieft die computer met rust en kom helpen!'

'Volgens mij had ik de tuinslang moeten nemen,' moppert Matthijs, terwijl hij Pineut inzeept. 'En had jij de shampoo moeten doen.' Hij springt opzij als hij het water tegen zijn shirt aan voelt kletteren. 'Hé! Wat doe je nou!'

'Dat doe je zelf!' zegt Tessa. 'Jij gaat steeds in die straal staan!'

'Pfff. Geef nou maar gewoon toe dat meisjes niet kunnen mikken. Hier, geef mij die tuinslang. Dan zal ik je laten zien hoe je dat doet.' Matthijs trekt zijn druipende T-shirt uit en wringt de tuinslang uit Tessa's handen.

'Jij gaat hem inzepen,' zegt hij. 'En denk erom, laat het lekker soppen.'

'Ja ja.' Tessa wrijft Pineuts rug in met shampoo. Pineut blijft rustig staan, het hoofd gebogen. 'Bah! Volgens mij is dit koeienpoep!' Met een vies gezicht kijkt Tessa naar haar handen.

'O, zal ik het er even afspuiten?' Matthijs richt de tuinslang op Tessa.

'Nee!' Tessa slaakt een kreet. 'Sufferd, nu ben ik ook hartstikke nat! Dat deed je expres!'

'Niet!'

'Wel! Je wou wraak nemen!'

'Niet!'

'Wel!'

'Niet!'

'Wel!'

Matthijs grinnikt. 'Oké, misschien een beetje, dan.'

'Zie je wel? Bah! Hoe krijgt een paard het voor elkaar om koeienpoep op z'n rug te krijgen?'

'Misschien van een overvliegende koe?' zegt Matthijs.

'Ja, haha. Heel grappig. Alsjeblieft, Matthijs, doe die kraan uit. Pineut is nu wel nat genoeg.'

Matthijs draait de kraan dicht en helpt Tessa met het wassen van Pineut. Het paard lijkt het helemaal niet erg te vinden. Hij staat doodstil, en laat het allemaal rustig over zich heen komen.

'Dit is nog eens wat anders dan een hamster wassen,' merkt hij op, terwijl hij voorzichtig Pineuts linkervoorbeen schoon sopt.

'Een hamster wassen?' zegt Tessa. 'Je hoeft hamsters helemaal niet te wassen. Die wassen zichzelf!'

'Nou, de mijne waste ik wel hoor,' zegt Matthijs.

'Ja, vandaar dat hij dood is, natuurlijk.'

'Niet! Weet je hoe hij doodging? Splinter schopte per ongeluk tegen de kooi aan, en het deurtje schoot open, en Hammie hè, die lag net in zijn wc-rol te slapen, en toen vloog hij ineens met wc-rol en al door de kamer. Net een raket.'

'En toen?' vraagt Tessa.

'Ja, toen heb ik Splinter een dreun gegeven en Hammie voorzichtig teruggezet in zijn kooi. Maar later die dag was hij ineens dood.'

'Zielig.'

'Ja. Vond ik ook.'

'Nou ja,' zegt Tessa. 'Nu heb je een paard. Dat is ook leuk.'

'Hé!' klinkt de stem van Esgo vanuit de keuken. 'Zijn jullie nou nog steeds met dat paard bezig?'

Matthijs draait zich om, en ziet Esgo de tuin in komen met een zware emmer in zijn linkerhand en een pak hooi onder zijn rechterarm.

'Hèhè,' puft hij, terwijl hij het hooi laat vallen en de emmer neerzet. 'Daar moet hij voor vandaag genoeg aan hebben. Alsjeblieft.'

9. Bel ff de DA

'Ringworm, zei je?' roept Matthijs van achter de computer. Esgo komt aanlopen met een natte handdoek over zijn schouder. Hij veegt het zweet van zijn voorhoofd. 'Ja. Ik vroeg aan mijn vader hoe het ook alweer heet, als de koeien van die ronde plekken hebben waar geen haar meer zit. En hij zei dat dat ringworm was.'

'Vroeg hij niet waarom je dat wou weten?'

Esgo grinnikt. 'Mijn vader? Nee. Die vraagt nooit iets.'

Matthijs typt in de Google-balk 'paard' en 'ringworm' in. Hij bijt op zijn lip. Meer dan honderd hits! Ringworm komt zeker nogal vaak voor bij paarden.

'Wat hebben jullie eraan gedaan?' vraagt hij.

Esgo haalt zijn schouders op. 'Geen idee. Dat heb ik niet gevraagd.'

'Mmm.' Matthijs scrollt met zijn muis langs een paardenpagina en leest een discussie over een paard met ringworm.

'Hé, Tessa!' roept hij dan. 'Je moet uitkijken! Het is besmettelijk! Straks heb jij het ook!'

'Wat?' roept Tessa terug.

'Als je haar morgen begint uit te vallen, is het Pineut z'n schuld.'

'Hoezo?' Tessa komt druipend de kamer binnen. 'Wat bedoel je, als morgen mijn haar uitvalt?'

'Nou, hier staat dat het besmettelijk is voor mensen. Hier, kijk, een meisje schrijft dat ze het ook gehad heeft.'

'En viel haar haar uit?'

'Dat staat er niet. Maar ik denk het wel.'

'O, mooie boel. Dus straks ben ik kaal!' Tessa gaat met twee handen door haar natte haar. Ze kijkt een beetje ongerust. 'Enne... kan ik er ook nog wat aan doen?'

'Onzin,' zegt Esgo. 'Ik ben toch ook niet kaal?'

'Nee, maar je vader wel,' zegt Matthijs.

'Maar niet van de ringworm,' zegt Esgo beledigd. 'Gewoon omdat ie al zo oud is! Veertig, man! Hij is al veertig! Jij bent ook kaal hoor, als je veertig bent.'

'Ach, niet, man,' zegt Matthijs. 'Ik word niet kaal. Mijn vader is al vijfenveertig, en die is nog steeds niet kaal.'

'Hou op over kaal!' roept Tessa boos. 'Kan ik er ook nog wat aan doen, of moet ik meteen door naar de pruikenwinkel?'

'Luister toch niet naar Matthijs,' zegt Esgo. 'Die heeft er helemaal geen verstand van. Je wordt heus niet kaal. En als je ringworm krijgt, kun je een zalfje bij de dokter halen. Dan is het zo weer over.'

'En wat moeten we aan Pineut doen?' Tessa gaat naast Matthijs op de bureaustoel zitten. 'Laat mij ook eens kijken. O, kijk, hier staat het. *Bel ff de DA of je een zalf kan komen halen.*' Ze kijkt achterom naar Esgo. 'De DA? Drogist? Ze verkopen het gewoon bij de drogist, dus!'

Esgo schudt meewarig zijn hoofd. 'Drogist? De DA is de dierenarts, chickie!'

Tessa kijkt hem met boze ogen aan. 'Noem me geen chickie! Varken! Mag ik even bellen, Thijs?'

'Wil je de dierenarts bellen?' Matthijs denkt even na. 'Is dat wel zo'n goed idee? Straks wil hij langskomen.'

'Laat dat maar aan mij over,' zegt Tessa zelfverzekerd.

Matthijs grinnikt. 'Oké. Probeer het maar gewoon.'

Tessa zit op de eettafel. Ze laat haar benen heen en weer bungelen en kijkt afwezig naar de tuin. 'Het gaat om een verzorgpaard,' zegt ze in de telefoon. 'Ja. Ringworm. Heel duidelijk. Nee, hij is niet van mijzelf. Nee, dat kan niet, die zit in het buitenland. Nee, dat hoeft niet, want dan kost het weer zoveel geld. Ik weet zeker dat het ringworm is. Dus kan ik even zalf komen halen? Oké. Kom ik zo langs. Ja, bedankt. Doei!'

Met een triomfantelijk gezicht legt ze de hoorn neer. 'Geregeld! Ze legt het voor me klaar!'

'En je hebt niet eens je naam gezegd!' zegt Matthijs hoofdschuddend.

'Nee, goed hè?' zegt Tessa. 'Zo weinig mogelijk zeggen, dan hoef je ook niet te liegen! Hé, maar dan ga ik even. Oké?'

Matthijs knikt. Hij schraapt zijn keel. 'Eh... heb je... heb je geld?' vraagt hij zo zacht dat Esgo het niet kan horen.

Tessa klemt haar lippen op elkaar en kijkt Matthijs hulpeloos aan. 'Nee.'

'Wacht even.'

Matthijs rent naar boven en haalt een briefje van tien uit zijn spaarpot. Hij dendert weer naar beneden en stopt het in Tessa's hand. 'Hier.'

Tessa werpt hem een opgeluchte blik toe en propt het snel in haar broekzak. 'Bedankt. Zo terug.'

Als Tessa weg is, loopt Matthijs terug naar de tuin. Hij kijkt naar Pineut, die nu eet van de biks die Esgo op een tuintafeltje voor hem heeft neergezet. Hij laat zich naast het paard op een houten tuinstoel neerzakken en staart voor zich uit. Een paard in de tuin... Ze hebben zichzelf wel flink in de nesten gewerkt! Waarom zijn ze achter hem aangegaan! Het was toch niet hún paard? Ze hadden het gewoon aan de mensen van het slachthuis moeten overlaten. En waarom moesten ze hem zo nodig mee naar huis nemen? Hij stond er toch prima, daar op dat voetbalveld? Gras genoeg daar! Er was vast wel iemand anders langsgekomen die hem gevonden had. Nu zitten Tessa en hij ermee. Nee, niet Tessa en hij. Hij zit ermee. Tessa gaat gewoon weer terug naar haar eigen huis, straks. Mooi makkelijk! Bij haar komt de politie niet aan de deur.

Matthijs krijgt het er helemaal warm van als hij zich voorstelt dat er wordt aangebeld en dat hij ineens twee politieagenten voor de deur ziet staan. Zou hij een boete krijgen? Misschien nemen ze hem wel mee naar het bureau! Misschien staat er wel een zware straf op het kidnappen van een paard.

Hij springt op en begint heen en weer te lopen over het terras. Hij haalt zijn linkerhand door zijn haar. Dit is eigenlijk allemaal de schuld van Tessa, als hij er goed over nadenkt. Als zij die vrachtwagenchauffeur niet de weg had gewezen, als zij niet in die vrachtwagen had gekeken en Pineut had gezien, als zij niet op het idee was gekomen om hem te redden, dan was dit allemaal nooit gebeurd. Dan had hij gewoon naar de training kunnen gaan, en woensdag aan het toernooi mee kunnen doen. Waarom is hij ook zo stom!

'Wat loop je te ijsberen!' zegt Esgo. 'Is er iets?'

'Ja, natuurlijk is er iets!' barst Matthijs uit. Hij wijst naar Pineut. 'Dát is er. Een paard in de tuin! Ik kan niet geloven dat ik zo stom ben. Ik slaap zeker, hè? Zeg me dat ik slaap.'

'Je slaapt,' zegt Esgo.

'Oké.' Matthijs duwt met zijn wijsvingers tegen zijn slapen en doet zijn ogen dicht om zich beter te kunnen concentreren. 'Dus als ik wakker word...'

'Dan staat er nog steeds een paard in je tuin. Oei!'

Esgo wijst naar Pineut, die zijn staart omhoogtilt.

Matthijs kreunt. 'Nee hè! Ook dat nog!'

'Nou, het is altijd beter dan koeienpoep,' troost Esgo. 'Dit kun je nog opvegen.'

'Ik kan het natuurlijk ook laten liggen,' bedenkt Matthijs. 'Misschien is het wel goed voor het gras. Koeienpoep is toch ook goed voor het gras?'

Esgo grinnikt. 'Heel goed. Maar het gaat wel stinken. En er komen vliegen op af. En je hebt natuurlijk de kans dat je moeder er niet helemaal blij mee is als de tuin hier straks vol paardenpoep ligt...'

'Mijn moeder...' Matthijs laat zich weer in zijn stoel zakken. Hij slaakt een diepe zucht. 'Wat moet ik doen, Es? Wat moet ik nou met dat paard!'

'Ik dacht dat je hem wou redden van de dood!'

'Ja, ik wil natuurlijk niet dat hij doodgaat. Maar ik wil ook geen paard in de tuin. Dat geeft alleen maar ellende!'

Ineens krijgt hij een idee. Hij draait zich om naar Esgo. 'Hé, Es! Kan hij niet...'

'O nee!' zegt Esgo meteen. 'Vergeet het maar!'

'Je weet helemaal niet wat ik wil zeggen, man!'

'Jawel! Je wilt zeggen dat hij bij ons in de stal kan staan.'

'Huh? Hoe weet je dat?'

'Omdat ik gedachten kan lezen, dombo!'

'Maar zou dat echt niet kunnen?'

Esgo zucht. 'Je wou toch dat het geheim bleef? Dat kan toch nooit als hij bij ons in de stal staat! Mijn vader is misschien wel oud, maar hij kan echt nog wel een paard van een koe onderscheiden.'

'Mmm.' Matthijs staart somber voor zich uit. 'Je hebt gelijk. Balen.'

'Je kunt hem natuurlijk naar de politie brengen,' stelt Esgo voor.

'Ja, en dan? Zeggen dat ik een paard gevonden heb?'

'Is toch zo?'

'Ja. Maar dan vragen ze waar ik hem gevonden heb, en als ik vertel dat we hem op het industrieterrein hebben gevonden, dan weten ze meteen dat hij van het slachthuis komt. En dan weet ik wel hoe het met hem afloopt.' Matthijs kijkt naar Pineut en schudt zijn hoofd. 'Nee. Dat kan niet.'

'Nou,' zegt Esgo. 'Dan zit er niks anders op. We zullen het zelf moeten zien op te knappen. Zonder volwassenen erbij.'

10. Patat met koeienogen

'Hoi!' Tessa komt de tuin in, zwaaiend met een grote tube zalf. 'Daar ben ik weer. En, hoe is het met Neutje?'

'Neutje?' zegt Esgo met opgetrokken wenkbrauwen.

'Nou ja, Pineut dan.'

'O, prima,' zegt Matthijs. 'Hij begint aardig op te knappen. Hij zei zonet dat hij zin had in een zak patat.'

'Huh?'

'Grapje.'

'Haha. Hé, die buurvrouw van jullie...' Tessa dempt haar stem.

'Ja?'

'...nou, die is wel erg nieuwsgierig, zeg.'

Matthijs wuift met zijn hand. 'Vertel mij wat.'

'Ze was de ramen aan het lappen, en ze vroeg wie ik was en waar ik woonde, en waarom ik nou alweer op bezoek kwam.'

'En wat heb je gezegd?' vraagt Esgo.

'Uh – ja, ik wist niet zo gauw wat ik moest zeggen, dus toen heb ik maar gezegd dat ik jullie help omdat jullie ouders er niet zijn. En toen zei ze dat ik dan maar nodig wat moest doen aan de stank in de tuin.'

'Yes!' zegt Matthijs. Hij houdt zijn hand omhoog en Esgo slaat ertegenaan. 'We hebben een werkster!'

'Een werkster?' zegt Tessa. Ze grinnikt. 'Dat had je gedacht.'

'Je hebt toch tegen de buurvrouw gezegd dat je ons helpt? Dan moet je dat ook wel doen. Anders is het liegen.' Matthijs kijkt om zich heen. 'Als jij nou eens de poep opruimt.'

'Poep?' zegt Tessa.

'Ja. Kijk, daar.' Matthijs wijst naar het gras.

Tessa trekt een vies gezicht. 'Ja, kom op hé! Dat doe je zelf maar, hoor. Het is jouw tuin!'

'Er zijn anders meiden genoeg die geld betalen om paardenpoep te mogen vegen, hoor!' zegt Matthijs.

'Wat een onzin!' zegt Tessa.

'Echt waar! Splinter heeft een keer een vriendin gehad die een verzorgpaard had. En die moest elke dag de stal vegen! Met poep en al!'

'En daar betaalde ze zeker voor!' Tessa snuift. 'Zal wel!'

'Echt waar!' zegt Matthijs. Hij legt zijn hand op zijn hart en trekt zijn braafste gezicht. 'Je kent me toch? Ik zou jou nooit iets wijsmaken!' Ineens valt zijn blik op Esgo die met een bezem uit het schuurtje achterin de tuin komt. 'Hé! Esgo! Wat doe je?'

'Dat gezeur van jullie ook altijd,' moppert Esgo, terwijl hij de paardenpoep bij elkaar veegt. 'Als jullie er zoveel moeite mee hebben, doe ik het wel.'

Tessa smeert Pineuts kale plekken in met de zalf die ze bij de dierenarts heeft gehaald. Het paard blijft doodstil staan. Het lijkt wel of hij het prettig vindt.

'Hij ziet er al een stuk beter uit, hè?' zegt Tessa tevreden.

Matthijs slentert dichterbij en bekijkt Pineut kritisch. Hij stinkt niet meer, en vies is hij ook niet meer. Maar het blijft een broodmager, schonkig paard, met een dof uitziende vacht vol kale plekken en een zielig rood oog. 'Eh... ik denk niet dat hij de mister paard-verkiezing al zou winnen,' zegt hij voorzichtig.

'Patat is klaar!' roept Splinter. Hij steekt zijn hoofd uit het keukenraam. 'Komen jullie eten?'

'Patat?' Tessa kijkt verschrikt om. 'Hoe laat is het? Is het al etenstijd? Ik moet snel naar huis!'

'Ben jij gek,' zegt Splinter. 'Je eet maar gewoon hier. Ik heb net een kilo patat gebakken! En ik heb er net een lading kipnuggets ingegooid!'

'Kipnuggets?' zegt Tessa verontwaardigd. 'Zijn die van kip gemaakt?'

Splinter zucht. 'Ja, dat lijkt me wel, hè!'

'Ik ben vegetariër.'

'Nou, dan gooi ik er voor jou wel wat frikadellen in.'

'Zit daar geen vlees in, dan?'

'Volgens mij niet,' grinnikt Splinter. 'Niet of nauwelijks.'

'Hoogstens wat koeienogen,' mompelt Matthijs.

'Wát zeg je?' vraagt Tessa argwanend.

'Niks, niks,' zegt Matthijs haastig.

Tessa denkt even na. 'Oké. Ik bel wel even of het mag.'

'Ik ook,' zegt Esgo. 'Ik heb wel zin in een paar koeienogen.'

Met zijn vijven zitten ze in de zitkamer. Matthijs, Esgo en Tessa op de ene bank, Joost en Splinter op de andere. Twee grote bakken patat en kipnuggets staan op de lage houten tafel, en het draadmandje met opengebarsten frikadellen staat ernaast, samen met de curry, de fritessaus en de tomatenketchup.

'Aan bestek doen we hier niet hoor,' heeft Splinter gezegd. 'Wij zijn tegen afwas.'

'En tegen vitamines zeker,' zegt Tessa kritisch. 'Is er niks gezonds bij?'

'Ik heb gehoord dat er in frikadellen knoflook en ui zit,' zegt Joost. 'Dat schijnt heel gezond te zijn. En anders neem je toch flink veel ketchup? Dat is gewoon platgereden tomaat. Heel veel vitamine C.'

Ze zijn nog maar net aan het eten als er ineens aangebeld wordt. Matthijs schrikt. Naast zich voelt hij Tessa verstijven. Hij blijft bewegingsloos zitten en vergeet verder te kauwen. Het zal toch niet de politie zijn...

'Ik ga wel,' zegt Joost. Hij verdwijnt in de gang. Matthijs spitst zijn oren. Hij hoort de deur opengaan en hoort Joost met iemand praten. Dan slaat de deur weer dicht. Joost komt binnen, gaat zitten en spuit flink wat curry op zijn frikadel.

'En?' vraagt Matthijs.

'Wah en?' vraagt Joost met volle mond.

'Wie was dat?'

'Wah?'

'Aan de deur!'

Joost slikt zijn hap door en haalt onverschillig zijn schouders op. 'O. Een of andere collecte. Dat is toch altijd zo als er onder het eten aangebeld wordt?'

'Een collecte!' roept Tessa. Ze verslikt zich in een patatje, begint te hoesten en loopt helemaal rood aan.

'Ze stikt!' zegt Splinter. 'Doe er wat aan, Thijs!'

Matthijs geeft haar een flinke klap tussen haar schouderbladen. Een stukje patat schiet over de tafel. Tessa haalt diep adem en veegt de tranen uit haar ogen.

'Dat is het!' zegt ze enthousiast. 'We moeten een collecte houden! We gaan gewoon bij alle huizen in Kampen langs. Als iedereen nou een halve euro geeft, dan hebben we meer dan genoeg geld om Pineut te kopen. Hoeveel huizen zouden er zijn hier? Vast wel duizend!'

'Meer,' zegt Joost, die een folderwijk heeft. 'Volgens mij wel tienduizend.'

'Des te beter!' zegt Tessa. 'Vijfduizend euro! Laten we gelijk een mooie stal voor hem bouwen.'

'Ik wil je niet teleurstellen, hoor,' zegt Splinter, terwijl hij drie nieuwe kipnuggets pakt. 'Maar je mag niet zomaar collecteren.'

'Nee?' vraagt Tessa.

'Nee.' Splinter veegt zijn handen af aan de bank. 'Je moet eerst toestemming hebben van de burgemeester.'

Het is even stil.

'Mmm,' mompelt Joost. 'Vergeet het dan maar. Krijg je nooit. Niet voor een paard dat uit het slachthuis is ontsnapt. Als je dat beest wilt redden, zul je toch wat anders moeten verzinnen.'

11. MSN

Na het eten wassen Matthijs, Esgo en Tessa in de keuken de borden af.

'Ik weet niet, hoor,' zegt Matthijs. Hij roert met de afwaskwast door de bak met water, op zoek naar de volgende vette mayonaiselepel. 'Misschien moeten we het toch anders aanpakken. Ik zou niet weten hoe we met z'n drieën genoeg geld bij elkaar moeten krijgen om Pineut te kopen. En we zullen toch ook een plek voor hem moeten regelen waar hij kan wonen.'

Tessa pakt een bord uit het droogrek en gooit het meteen weer terug in het sop. 'Noem je dat schoon?'

'Zeurpiet,' zegt Matthijs. Hij veegt met zijn vinger het restje mayonaise van het bord, houdt het onder de kraan en zet het terug in het droogrek. 'Alsjeblieft. Zo is het schoon.'

Tessa schraapt nadrukkelijk haar keel. 'Als ze dat bij jullie thuis schoon noemen...'

'Maar wat wou je dan doen?' vraagt Esgo.

'Nou, we zouden kunnen kijken of de rest van de klas ook kan helpen. Als we met z'n allen zijn, is het veel makkelijker om een actie te beginnen.'

Tessa aarzelt. 'Ik weet het niet. We zouden het toch geheimhouden?'

Matthijs haalt zijn schouders op. 'Hoe kun je een paard nou geheimhouden! Maandag komen mijn vader en moeder weer terug. Waar moeten we hem dan zetten? En hoe komen we aan eten voor hem? We hebben nu biks en hooi van Esgo gekregen, maar dat kan hij ook niet blijven doen!'

'Misschien heb je wel gelijk,' zegt Tessa nadenkend. Ze gooit een lepel in de bestekla. 'Maar dan mag echt alleen onze klas het weten. Als er volwassenen achterkomen, kunnen we het wel vergeten. Dan moeten we Pineut natuurlijk gelijk terugbrengen naar het slachthuis.'

'Ik ben niet gek, hoor. Dat weet ik heus wel.' Matthijs trekt de stop uit spoelbak en veegt zijn handen af aan zijn broek. 'Ik ga meteen kijken wie er on line zijn.'

'Zeg maar dat ze allemaal hierheen moeten komen,' zegt Esgo. 'Nu meteen. Het is nog vroeg genoeg. Dan kunnen we een plan bedenken.'

Matthijs schuift achter de computer en meldt zich aan bij Messenger. Gespannen wacht hij tot hij kan zien wie er on line zijn. Dat valt mee. Het lijkt wel of de halve klas achter de computer zit. BigBen, I♥Semforever♥♥♥, Hansjepansjekevertje, I♥tiara, I♥Bram, Kneuskip, Bartisvoornac, ikbenbijnajarighoera :)), Beugelbekkie en Feijenoordiskampioen zijn allemaal on line.

Matthijs nodigt ze allemaal uit en typt: 'Heeeeyyyyy! Belangrijk! SUPER GEHEIMMMM! Zorg dat niemand dit ziet!'

'Wat?' schrijft Kneuskip terug.

'Wat is geheim?' vraagt Feijenoordiskampioen.

'Ik zet zo de webcam aan,' schrijft Matthijs terug. 'Dan kunnen jullie het zelf zien. Maar zorg dat niemand dit kan zien!!! Als er iemand in de buurt is, klik mij dan weg en kom gelijk naar mijn huis, als je nog niet naar bed moet natuurlijk ;-) Dit is echt SUPERBELANGRIJK!'

Hij wacht even en ziet dat I♥tiara en Hansjepansjekevertje ineens verdwenen zijn. Bij Bram en Hanneke thuis is de situatie zeker te onveilig voor geheimen. Hij richt de webcam op de tuin en klikt het icoontje boven aan de pagina aan. De foto van Matthijs met een voetbal onder zijn arm wordt groter en maakt plaats voor een wazig groen beeld, dat snel scherper wordt. Matthijs draait aan de webcam tot hij Pineut goed in beeld heeft.

Er komt meteen een berichtje van Kneuskip binnen. 'IEEEEEE! Wasda?!!'

'Hoe kom je daaraan?' vraagt BigBen.

'Waar ben je?' schrijft Beugelbekkie. 'In een manege?'

'Nee, thuis!' typt Matthijs. 'Hij staat in de tuin. Tessa en ik hebben hem gevonden. En we willen een actie starten. Om hem te kopen. Dat ze hem niet slachten.'

'Goed idee!'

'Ziet er zielig uit man! Mager!'

'Ik doe mee! Heeft-ie al een naam?'

'We hebben hem Pineut genoemd,' schrijft Matthijs. 'Want hij was bijna de pineut, snappie? Hij stond al klaar om gedood te worden!'

'Zieluuuuug!' reageert Beugelbekkie meteen.

'Ja. Maar hij is hem gesmeerd. Zo over het hek heen naar het voetbalveld. Wij hebben hem gevonden. En bij ons in de tuin gezet.'

'In de tuin? Mag dat van je vader en moeder?'

'Weet ik niet,' antwoordt Matthijs. 'Ze zijn weg ;-) Maar hij kan hier niet blijven. We moeten een oplossing verzinnen. Kom NU naar mijn huis voor een GEHEIME vergadering. Geef het door aan de anderen! (zonder dat vaders en moeders ervan horen!!!).'

'OK!'

'cu!'

'Tot zo!'

Matthijs klikt op het kruisje, en het hele gesprek is van het scherm verdwenen.

'Ze komen eraan,' zegt hij tevreden tegen Esgo.

Nog geen tien minuten later gaat de bel. Matthijs doet de deur open. Hanneke en Tiara staan hijgend de stoep.

'Wat is er aan de hand?' vraagt Tiara. 'Hanneke zei dat je een p-pffff...' Ze begint te sputteren als Matthijs snel zijn hand op haar mond legt.

'Ssst!' fluistert hij. 'Niet hier!' Hij kijkt opzij en ziet tot zijn schrik buurvrouw Van Zelzaete op haar knieën op de stoep zitten. Ze haalt met een mesje het gras tussen de stoeptegels weg. Neemt ze dan nooit rust?

'Haal je hand uit mijn mond!' zegt Tiara verontwaardigd. 'Bah!'
'Alsof ik het lekker vind om jouw vieze spuug aan mijn hand te krijgen!' zegt Matthijs. 'Je dacht toch niet dat ik dat voor m'n lol doe? Ik ben niet zo gek als Bram!'
'Wij zitten anders heus niet aan mekaar, hoor,' zegt Tiara met een vies gezicht. 'Eèèèuw! Ik moet er niet aan denken!'
'Whatever,' zucht Matthijs. 'Komen jullie nou nog binnen of niet?'
'Hé Hanneke!' roept Tessa vanuit de gang. 'Tiara! Kom gauw!'
'Hé, Tess!' Tiara en Hanneke lopen door naar de tuin. Matthijs laat de voordeur op een kier staan, zodat hij niet steeds opnieuw heen en weer hoeft te lopen. De rest komt er zelf wel in.
'Vet!' zucht Tiara als ze Pineut ziet staan. Voorzichtig loopt ze op hem af. 'Een paard! Ik ben jaloers!'
'Ik ook,' zegt Hanneke. 'Een eigen paard! Je bent een geluksvogel, Matthijs!'
'Hij is niet van mij hoor,' zegt Matthijs snel. 'We hebben hem alleen maar gevonden.'
'Ja, en nu willen we hem kopen,' zegt Tessa. 'Anders wordt-ie geslacht. Ligt-ie morgen in plakjes bij de slager.'
'Hè?' zegt Bart, die zijn hoofd om de hoek van de keukendeur steekt. 'Wat zeg je? Gaan jullie een paard slachten?'

'Hallo!' roept Matthijs boven het gelach en gepraat uit. 'Kan het effe stil zijn? Ik wil wat zeggen alsjeblieft!'
'Koppen dicht!' schreeuwt Tessa.
Langzaam wordt het stil in de kamer. Matthijs kijkt om zich heen naar zijn klasgenoten, die dicht tegen elkaar aan op de banken zitten. Tessa zit op de leuning, een paar meisjes zitten boven op de tafel, en de rest heeft een plekje op de grond gezocht.
'Ja?' zegt Bart bemoedigend.
'Eh...' Hulpzoekend Matthijs hij naar Tessa. Die grinnikt hem toe en steekt haar duim op.
'Eh... nou ja, bedankt dat jullie gekomen zijn. Want we zitten dus met een probleem.'

'Ja, een nogal groot probleem, zo te zien!' zegt Bart.

'Ja, inderdaad. Tessa en ik waren vanmorgen bij het slachthuis...'

'Wat deden jullie daar eigenlijk?' vraagt Bram.

'Verkering vragen, zeker!' roept Patrick.

'Nee!' zegt Matthijs boos. Tot zijn ergernis voelt hij zichzelf helemaal warm worden. 'Helemaal niet! We eh...'

'We kwamen vanmorgen een vrachtwagenchauffeur tegen,' zegt Tessa, 'en die vroeg de weg naar het slachthuis. En toen legden wij dat dus uit, in het Duits, maar die vent die kende dus helemaal geen Duits, want die snapte niks van wat we zeiden. Dus toen zijn we maar even voor hem uit gefietst.'

'Ja, en toen waren we dus bij het slachthuis, en toen laadde hij die koeien uit, en toen zat er dus een paard bij,' gaat Matthijs verder. 'En dat vond Tessa zo zielig dat ze vond dat we hem moesten redden. Dus toen hebben we gevraagd of we hem mochten kopen, maar dat mocht niet, want hij stond al klaar in de slachtrij.'

'Ja, en toen,' roept Tessa, 'toen is hij zelf over de hekken gesprongen en weggerend!'

'Ja, en toen zijn we hem dus gaan zoeken, en toen vonden we hem bij het voetbalveld. En toen hebben we hem maar meegenomen naar huis.'

'En nu zitten jullie met de gebakken peren,' vat Steven de boel kort en krachtig samen.

'Inderdaad,' geeft Matthijs toe. 'Als iemand erachter komt dat Pineut hier staat, dan is hij dus écht de pineut.'

'Neem me niet kwalijk dat ik jullie feestje kom verstoren,' klinkt een afgemeten damesstem. 'Maar ik kan het Journaal niet eens meer verstaan met al dat lawaai hier!'

Matthijs kijkt verschrikt om. In de deuropening staat buurvrouw Van Zelzaete.

12. Wijsheid komt met de jaren

Matthijs heeft het gevoel dat alles om hem heen begint te draaien. Buurvrouw Van Zelzaete! O nee! De deur! De deur stond nog open! Nu zijn ze erbij!

Heel in de verte hoort hij Splinter praten. 'Ha buurvrouw! Komt u even mee? Dan zal ik u alles uitleggen. Weet u, u hebt helemaal gelijk. Die kinderen zijn inderdaad...'

Als hij opkijkt, is buurvrouw Van Zelzaete verdwenen. Vanuit de tuin dringt het gefluit van een merel de woonkamer binnen. Een vlaag tocht gaat langs hem heen. Ergens in huis slaat een deur met een klap dicht. Iedereen zwijgt.

Ineens zwaait de kamerdeur open. Splinter komt de kamer in, een brede grijns op zijn gezicht. 'Zo!' zegt hij. 'Dat was niet echt slim van jullie, om die deur open te laten staan!'

'Heeft ze Pineut gezien?' vraagt Matthijs zwakjes.

'Welnee,' zegt Splinter. 'Dankzij het ingrijpen van deze snelle jongen heeft ze daar niet eens de kans voor gekregen.' Hij stopt zijn duimen onder zijn oksels en kijkt alsof hij bijzonder tevreden is met zichzelf.

'Wat heb je tegen haar gezegd?' vraagt Matthijs.

'Ik heb gezegd dat jullie bezig waren met een of ander project. En dat het normaal was voor achtste groepers om zoveel lawaai te maken.' Splinter trekt zijn braafste gezicht. 'Wijsheid komt met de jaren, zei ik tegen haar.'

'Ha!' zegt Matthijs schamper. 'Moet jij nodig zeggen! Alsof jij zo wijs bent!'

'Dat zeg ik toch helemaal niet,' zegt Splinter. 'Ik zei alleen dat wijsheid met de jaren komt. Hopelijk duurt het nog heel lang voordat ik erdoor getroffen wordt.'

'Maar wat zei die buurvrouw nou eigenlijk?' vraagt Tessa.

'Nou, ze zei dat als jullie lawaai willen maken, jullie dat dan maar op school moeten doen, zodat zij er geen last van heeft.'

'Nou ja, zeg!' zegt Tiara verontwaardigd.

'En ze vond het ook heel erg aso dat jullie je fietsen tegen haar raam hadden aangesmeten en dat er niemand meer over de stoep heen kon. En ze zei dat ze de politie erbij zou halen als die fietsen niet binnen vijf minuten weg waren, en dat ze helemaal niets meer van jullie wil horen vanavond.'

'Oei,' zegt Matthijs. 'Dan moeten jullie snel weg! Ik moet er niet aan denken dat de politie hier straks voor de deur staat!'

'We kunnen toch ook met z'n allen in het park zitten?' stelt Tessa voor. 'Het is toch mooi weer.'

'Ben je gek!' zegt Esgo. 'Straks sluipt ze achter ons aan, en dan hoort ze alles wat we zeggen!'

'Hé, hallo!' zegt Splinter. 'Waarom zetten jullie die fietsen niet gewoon in de fietsenstalling?' Hij gebaart met zijn hand. 'Die schuur daar, aan het eind van de straat. Die staat toch altijd open.'

'Goed idee,' zegt Matthijs. 'Maar kom daarna alsjeblieft heel zachtjes naar binnen. Anders staat ze zo weer op de stoep.'

Als iedereen weg is, laat hij zich achterover op de bank vallen. Hij vouwt zijn armen achter zijn hoofd en kijkt naar Splinter, die voor de open tuindeuren staat en naar buiten staart. 'Denk je echt dat ze hem niet gezien heeft?' vraagt hij.

Splinter draait zich om. 'Volgens mij niet. Ik weet het natuurlijk niet zeker. Maar ze heeft er in elk geval niets over gezegd. En ik vind het niks voor haar om haar mond te houden over zoiets.'

'Maar ik zou er wel voor zorgen dat dat beest zo snel mogelijk uit onze tuin verdwijnt,' zegt Joost. 'Hier komen problemen van.'

Matthijs knikt. 'Ja. Daar ben ik ook bang voor.' Hij hijst zichzelf weer overeind en slentert de tuin in. Pineut staat doodstil, zijn nek gebogen. Af en toe zwaait hij met zijn staart om de vliegen te verjagen. Matthijs loopt naar hem toe en kriebelt hem tussen zijn oren. 'Arm lelijk beest,' mompelt hij. 'Wees maar niet bang. We gaan je echt wel redden. Ik weet alleen nog niet precies hoe.'

De kamer stroomt weer vol. Binnen een paar minuten zit iedereen op zijn plaats. Het kost Matthijs dit keer een stuk minder
moeite om zijn klasgenoten stil te krijgen.

'Oké,' zegt hij met gedempte stem. 'We moeten dus heel zachtjes
doen. Als de buurvrouw weer wat hoort, stuurt ze de politie.
Maar goed, we zitten dus met het probleem: wat moeten we doen
met Pineut? We kunnen hem hier niet in de tuin laten staan. Ten
eerste is hij niet van ons, en ten tweede krijgen we grote problemen als de buurvrouw erachter komt. En ten derde heb ik dus
echt helemaal geen verstand van paarden.'

'Ik heb verstand van paarden,' zegt Eline.

'Ach, niet waar,' zegt Tiara. 'Jij weet alleen hoe je erop moet rijden.'

'Nou, ik help toevallig heel vaak in de manege, hoor,' zegt Eline
beledigd. 'Ik weet precies hoe je een paard moet borstelen en
hoe je de hoeven moet verzorgen en zo.'

'De manege!' zegt Tessa enthousiast. 'Is dat niet een idee? Om
hem naar de manege te brengen? Daar hebben ze genoeg voer en
stallen. En mensen die er verstand van hebben.' Ze kijkt even opzij. 'Zoals Eline. Misschien willen zij hem wel kopen van het
slachthuis! Zijn wij mooi van alle problemen af! Wat dacht jij,
Elien?'

'Doen ze nooit,' zegt Eline. 'Ze hebben daar alleen maar rijpaar-
den. Geen paarden die bijna door hun benen zakken van ellende.
Ik vind dat paard van jullie heel zielig hoor, en ik wil ook echt
meedoen met een actie, en met het verzorgen en zo. Maar volgens mij kun je wel vergeten dat ze hem bij de manege willen
kopen.'

'En als we hem dan eerst vetmesten?' zegt Esgo. 'Dat-ie helemaal
gezond is en er weer goed uitziet?'

Eline rimpelt haar neus. 'Het moet ook echt een rijpaard zijn. Ik
weet helemaal niet of Pineut een rijpaard is. Misschien is hij wel
als trekpaard gebruikt. Dan krijg je er nooit zomaar een zadel
op.'

'Dus we moeten hem ook nog africhten,' zegt Tessa. Ze slaakt een diepe zucht.

'Weet je wat ik niet begrijp?' zegt Splinter, die tegen de open haard aan geleund staat, zijn handen in zijn zakken. 'Waarom bellen jullie niet gewoon de Dierenbescherming?'

'De Dierenbescherming?' zegt Matthijs.

'Ja! Dat paard van jullie is duidelijk mishandeld. Daar zijn ze toch voor, voor mishandelde dieren?'

Matthijs bijt op zijn lip en denkt na. 'Ik weet niet hoor... de Dierenbescherming. Daar werken natuurlijk alleen maar volwassenen.'

'So what!' zegt Splinter. 'Je kunt ze toch gewoon opbellen? En vragen wat zij zouden doen als er een paard uit het slachthuis ontsnapt was? Een hulpbehoevend paard dat aan alle kanten mishandeld is? Je hoeft je naam en je adres toch niet gelijk te zeggen!'

'Mmm,' zegt Matthijs peinzend. 'Dat zou misschien kunnen. Als ze dan zeggen dat ik hem terug moet brengen naar het slachthuis, leg ik snel de telefoon neer.'

Joost schuift achter de computer. 'Moet je het telefoonnummer hebben?' vraagt hij.

Matthijs kijkt om zich heen naar zijn klasgenoten. 'Wat vinden jullie?'

'Doe maar,' zegt Esgo. 'Je kunt het altijd proberen. Als je je naam niet zegt, kan het geen kwaad.'

'Maar als ze een nummermelder hebben dan?' zegt Bart.

'Een nummermelder?'

Bart knikt. 'Ja, dat hebben wij ook thuis. Als iemand ons belt, kunnen wij zijn telefoonnummer zien. Als ze dat bij de Dierenbescherming ook hebben, kunnen ze er zo achter komen hoe je heet en waar je woont.'

Matthijs staart even voor zich uit. Hij rimpelt zijn neus. 'Mmm... Nee, dat is gevaarlijk. Misschien moet ik dan maar naar een telefooncel.'

'Hier,' zegt Eline. Ze haalt een mobieltje tevoorschijn en geeft het aan Matthijs. 'Bel hier maar mee.'

'Hé, goed idee!' zegt Tessa enthousiast. 'Dat moet je doen! Met een mobieltje kunnen ze niet zien waar je vandaan belt.'

Matthijs knikt. 'Oké. Nou, geef me het nummer van de Dierenbescherming dan maar. Ik ga het proberen.'

13. Doe de groeten aan je vriend

'**D**ierenbescherming Kampen, met Geesje,' klinkt een vriendelijke vrouwenstem.

'Hallo?' zegt Matthijs. Hij staat in de open tuindeuren en kijkt naar Pineut, die zich tegen een boom staat aan te schuren. 'Dus u bent van de Dierenbescherming, hè?'

'Ja, dat klopt,' zegt de vrouw aan de andere kant van de lijn. 'Waarmee kan ik je van dienst zijn?'

Matthijs aarzelt even. 'Eh... nou, kijk hè, stel nou dat een vriend van mij een paard had gevonden. In de buurt van het slachthuis, bijvoorbeeld. Ik zeg maar wat. Ja, en stel nou dat dat paard er heel zielig uitzag. Dat hij bijvoorbeeld heel erg mager was, zo erg dat zijn botten eruit staken. En dat hij dan misschien ook nog een huidziekte had, zoals ringworm. En nog een dik oog dat heel erg rood was. Nou ja. Stel je voor dat ik – nee, ik bedoel dat mijn vriend dus dat paard naar de Dierenbescherming toe zou brengen. Wat zouden jullie er dan mee doen?'

'Een vriend, hè?' zegt Geesje. Het klinkt alsof ze een beetje moet lachen.

'Ja,' zegt Matthijs. Hij probeert Pineut, die naar hem toekomt alsof hij het gesprek met grote interesse volgt, een eindje weg te duwen.

'Oké. Nou, zeg maar tegen je vriend dat wij ieder dier in nood proberen te helpen. Dus als dat paard van je vriend hulp nodig heeft, dan kan hij hem naar ons toebrengen. Wij hebben ook een stal bij ons opvanghuis, dus daar zouden we hem kunnen onderbrengen.'

Matthijs knikt. 'Maar eh... dan zouden jullie dus niet meteen de politie gaan bellen? Of bijvoorbeeld het slachthuis of zo?'

Het blijft even stil aan de andere kant van de lijn. 'Nee hoor. We zetten hem alleen in de krant bij de gevonden dieren. Dat zijn we verplicht. De eigenaar kan hem dan komen ophalen, maar hij moet dan wel alle kosten betalen die we gemaakt hebben. Ook de kosten van de dierenarts.'

'In de krant?' zegt Matthijs. 'Eh... welke krant?'

'De Brug. Dat huis-aan-huisblad, weet je wel?'

'O ja. Nou dan eh... dan weet ik genoeg. Bedankt hè.'

'Ja, graag gedaan. En doe de groeten aan je vriend!'

Met een diepe zucht geeft Matthijs het mobieltje terug aan Eline. Met de rug van zijn hand veegt hij het zweet van zijn voorhoofd.

'En?' vraagt Esgo.

'Nou, ze kunnen hem daar wel opvangen, geloof ik. Ze hebben zelfs een stal, zei die mevrouw. Maar ze zetten hem wel in De Brug bij gevonden voorwerpen. Die krant, weet je wel?'

'Dat is dus niks,' zegt Tessa. 'Als ze het in de krant zetten, weet heel Kampen het straks. Kunnen we net zo goed zo'n grote geluidswagen huren en overal omroepen dat we een paard hebben gevonden.'

'De Brug komt toch maar één keer in de week uit?' zegt Esgo.

Matthijs knikt. 'Geloof ik wel.'

'Op welke dag?'

Joost heft zijn beide handen in de lucht. 'Op dinsdag!' kreunt hij. 'Weet je dat niet? De ergste dag van de week. Drie uur lang kranten bezorgen. Als ik geluk heb.'

'Omdat je het zelf wilt, bal gehakt!' zegt Matthijs. 'Omdat jij zo nodig rijk wilt worden.'

Joost snuift. 'Rijk! Ha! Van die paar euro word je echt niet rijk, hoor!'

Tessa klakt met haar tong. 'Ja, daar hebben we het nu niet over. Hé, maar dat is toch gewoon goed nieuws? Het is nu maandag. Als die krant op dinsdag uit moet komen, is hij vast allang gedrukt. Dus als we Pineut nu naar de Dierenbescherming zouden brengen...'

'...duurt het meer dan een week voordat ze er bij het slachthuis iets van horen!' vult Matthijs aan.

'Ja!' zegt Tessa enthousiast. Haar ogen schitteren. 'Dus dan hebben we tijd genoeg om geld te verzamelen om hem te kopen!'

'Ik zit te denken, hè,' begint Tiara aarzelend. Dan stopt ze en kijkt verlegen naar de grond.

'Wat zit je te denken?' vraagt Matthijs.

Tiara wuift met haar hand. 'O niks. Stom idee.'

'Kom op, zeg nou wat je zat te denken!' zegt Eline.

Tiara haalt haar schouders op. 'Nou ja, ik zat te denken, misschien kunnen we wel een bazaar houden zaterdag. Op het schoolplein. Om geld te verzamelen...' Haar stem sterft weg. Heel even blijft het stil.

Verontschuldigend kijkt Tiara naar Matthijs. 'Ik zei toch al dat het een stom idee was.'

'Helemaal geen stom idee!' zegt Matthijs enthousiast. 'Geweldig idee! Een bazaar! Dat moeten we doen! We kunnen een rommelmarkt houden. Ik heb nog een heleboel ouwe rommel die ik kan verkopen.'

'Ik zou cakes kunnen bakken,' zegt Tiara met een hoogrode kleur.

'Mijn moeder wil vast wel wafels maken!' zegt Eline.

'Ik vraag mijn vader of hij friet wil bakken,' zegt Sem.

'We kunnen planten verkopen!'

'En bloemen, uit onze tuin!'

'Ze kunnen een ritje maken op een van onze koeien! Net zoals bij Dik Trom!'

'Ik ga schoenenpoetsen!'

'Wij gaan een playbackshow doen!'

'Ik ga vioolspelen!'

'O, goed idee, ga ik ook doen!'

'Jij kan helemaal niet vioolspelen!'

'Nou en? Dan leer ik het!'

'Duhuh! Weet je hoe lang het duurt voor je viool kunt spelen?'
Matthijs gaat staan en zwaait met zijn armen om de aandacht te
trekken. 'Oké,' zegt hij. 'Volgens mij is dit echt een heel goed
idee, die bazaar. Als we nou allemaal gaan nadenken over manie-
ren waarop we geld kunnen verdienen, dan komen we woensdagmiddag weer bij elkaar om af te spreken wat we allemaal precies gaan doen en hoe we het moeten organiseren.'

'Woensdag?' zegt Esgo. 'Dat kan niet. Dan hebben we dat toernooi.'

'En wij hebben dan schoonmaakcorvee, Matthijs,' zegt Tessa. 'Dat
was je toch niet vergeten, hè?'

Matthijs trekt een gezicht. Hij was die straf inderdaad alweer helemaal vergeten. 'Woensdagavond dan?' stelt hij voor. 'Zeven uur
hier?'

Hij kijkt om zich heen. De anderen knikken. Door de open tuindeuren dringt het geluid van de torenklok van de Bovenkerk naar
binnen. Eén slag.

'Halfnegen al?' zegt Eline geschrokken. Ze kijkt op haar horloge
en springt op. 'Ik moet weg!'

'Ik kan ook maar beter gaan,' zegt Esgo.

Ineens staat iedereen op. 'En niks vertellen thuis, hè?' roept
Matthijs boven het geroezemoes uit. 'Het is nog steeds geheim!
Niemand is te vertrouwen!'

Tessa blijft aarzelen bij de voordeur. Als iedereen weg is, kijkt ze
om. 'Maar we hebben het nog helemaal niet gehad over wat we
nou met Pineut gaan doen!'

Matthijs doet de deur zachtjes dicht en wenkt haar mee naar de
kamer. 'Daar moeten we het nu over hebben.'

Tessa bijt op haar lip. 'Heel eventjes dan,' zegt ze. 'Ik moet echt
weg. Mijn moeder weet niet waar ik blijf. Ik had alleen maar
gebeld om te zeggen dat ik hier zou eten.'

'Heel eventjes,' belooft Matthijs. Hij kijkt verbaasd rond in de kamer. Is het hier ineens zo'n rommel geworden, of was het al zo erg? Overal liggen snoeppapiertjes, lolliestokjes, lege chipszakjes, ingetrapte chips. Op tafel is een blikje cola omgevallen, en op de lichte vloerbedekking onder de tafel zit een bruine vlek. Niet zo heel slim om die vergadering hier te houden. Kan hij straks alles opruimen en schoonmaken.

Hij schopt een stoel recht en schuift de bank weer tegen de muur aan. Dan laat hij zich op de bank neervallen. De rommel komt straks wel. Of morgen. Vader en moeder komen toch pas zaterdag thuis.

'Dus we brengen hem naar de Dierenbescherming?' zegt Tessa, die op het puntje van een stoel gaat zitten.

Matthijs knikt langzaam. 'Dat lijkt me wel het beste. Die zeggen tenminste niks tegen de politie. En die kunnen gewoon een dierenarts laten komen om hem te laten onderzoeken en te laten kijken wat hij nodig heeft om weer aan te sterken. En om zijn oog weer beter te maken.'

'Maar wanneer doen we dat? Wanneer wou je hem daarheen brengen?'

'Kunnen we morgen wel doen. Uit school.'

'Nee joh! Dat kan niet! Stel je voor dat iemand ons ziet!'

Matthijs haalt zijn schouders op. 'Ja, wanneer wil je het dan doen? Midden in de nacht of zo?'

'Nou nee, dat nou ook weer niet. Maar 's morgens vroeg zou toch kunnen? Het is om halfvijf al licht!'

'Ja, hallo!' zegt Matthijs verontwaardigd. 'Je denkt toch niet dat ik om halfvijf mijn bed uitkom? Echt niet!'

'Vijf uur? We moeten er wel zijn voordat het opvangcentrum opengaat. Ze moeten ons niet zien, natuurlijk.'

'Oké.' Matthijs zucht. 'Om kwart voor zes. Geen minuut eerder.'

'Halfzes,' zegt Tessa. 'En geen minuut later.'

14. Verraad!

Matthijs legt zijn benen op de salontafel en staart voor zich uit. Daar is hij mooi klaar mee. Prachtig natuurlijk, als Pineut niet meer in hun tuin staat, en hij er zelf niet meer verantwoordelijk voor is. Maar om nou om halfzes op te moeten staan... Veel zin heeft hij er niet in.

Ineens valt hem wat in. 'Hé, Joost!' zegt hij tegen zijn broer, die nog steeds achter de computer zit. 'Wat is het adres van de Dierenbescherming eigenlijk?'

'Effe kijken,' mompelt Joost. Hij gaat met de muis heen en weer, klikt en typt wat in. 'Is inderdaad misschien wel handig, ja, als je dat weet.' Hij kijkt op. 'Dus jullie gaan dat beest morgenochtend wegbrengen?'

'Ja, voor schooltijd.'

Joost haalt een papier uit de printer en geeft het aan Matthijs. 'Hier,' zegt hij. 'Dit is het adres. Met de routebeschrijving.'

Matthijs bestudeert het papier. 'Maar dat is helemaal buiten de stad!' zegt hij. 'Bijna bij Dronten!'

'Het is maar vijf kilometer,' zegt Joost. 'Uurtje lopen.'

'Ja, als je door kunt lopen,' zegt Matthijs. 'Maar met Pineut? Die loopt hartstikke langzaam, man! Dan zijn we zo twee uur onderweg! En dan moeten we ook nog terug! Dat kan helemaal niet! Komen we weer veel te laat op school!'

Hij leest verder en grijpt verbijsterd naar zijn hoofd. 'Kijk nou! *Rijd de oprit van de N50 richting Emmeloord op.* Dat kan toch niet? Ik ben toch geen auto!'

'Nee, maar je hebt wel een paard,' roept Splinter vanuit de keuken. 'Daar kun je op rijden.'

'Maar niet op de snelweg!' zegt Matthijs.

'De N50 is geen snelweg,' zegt Joost. 'Gewoon een honderdkilometerweg.'

'Alsof ik daar wel op mag!' roept Matthijs.

'Grapje!' zegt Splinter. Hij komt de kamer weer binnen. 'Je kunt er toch naast gaan lopen! Er zijn toch allemaal weilanden langs!'

Matthijs zwijgt. Moet hij Tessa dan maar bellen om te zeggen dat ze toch om halfvijf moeten vertrekken?

Ach nee. Pineut is door het eten en drinken van vandaag natuurlijk al flink opgeknapt. Als hij nou nog lekker kan slapen vannacht, loopt hij morgenochtend vast een stuk sneller. Als ze hun fietsen en hun schoolspullen meenemen, kunnen ze vanaf het dierenopvangcentrum meteen door naar school. Moet makkelijk kunnen. Hij vouwt het papier in vieren en stopt het in zijn broekzak.

Plotseling gaat de telefoon. Hij schrikt. Wie is dat nu weer?

'Neem jij even op?' vraagt Joost.

Met een zucht pakt Matthijs de telefoon van de haak. 'Hallo. Met Matthijs.'

Er klinkt gekraak aan de andere kant van de lijn. En dan ineens een bekende stem, van ver weg. 'Ha Thijs! Met mama. Hoe gaat het daar?'

'O, mam! Hallo. Goed. En met jullie? Is het leuk daar?'

'Heel leuk. We zijn vandaag op de brommer het hele eiland over geweest.'

'Wat?' Matthijs is even bang dat hij het niet goed verstaan heeft. 'Heb jij op een brommer gereden, mam?'

'Nee, ik heb bij papa achterop gezeten. Zeg, maar hoe is het daar? Hoe gaat het op school?'

'O, goed.'

'En met Joost en Splinter, ook alles goed? Redden jullie het een beetje met z'n drietjes?'

'O ja hoor. Prima.'

'En het eten koken, lukt dat?'

Matthijs aarzelt. Zou moeder met eten koken ook patat bakken bedoelen? 'Eh, ja... best goed. We eten in elk geval heel lekker.'

'Nou, mooi. Jullie breken de boel daar niet af, hè? Geen wilde feesten en zo?'

71

'Nee mam.'

'En je gaat wel een beetje op tijd naar bed, hè, jongen?'

'Eh...'

'Oké. Zeg, jullie hebben ons mobiele nummer, hè, in geval van nood? En jullie kunnen altijd sms'en, dat weet je toch?'

'Ja mam.'

'Oké, lieverd. Ik houd van je. Doe de groeten aan Joost en Splinter!'

'Ja mam. Doei.'

Matthijs wrijft over zijn oor als hij de telefoon weer neerlegt. Het gloeit helemaal. *Jullie breken de boel toch niet af?* Nee, natuurlijk niet. We hebben alleen even een paard in de achtertuin geparkeerd. En de hele klas uitgenodigd voor een vergadering.

De torenklok laat elf langzame slagen horen. Matthijs kijkt naar een plotselinge lichtflits die over het plafond zwaait. Zou het gaan onweren? Hij begint te tellen, maar er komt geen donder.

Hij trapt het dekbed van zich af en zucht. Over zes en een half uur moet hij alweer op! Waarom is het zo moeilijk om in slaap te vallen als je het juist zo graag wilt? Hij staat op, loopt door de donkere kamer naar het raam en trekt het gordijn open. De maan schijnt. Hij zet het raam zo wijd mogelijk open, zet zijn ellebogen in het raamkozijn en ademt de frisse avondlucht diep in. Hoe zou het met Pineut zijn? Had hij hem niet nog wat extra voer moeten geven?

Voor Matthijs weet wat hij doet, zit hij al in het raamkozijn. Hij zet zijn voeten op de dikke tak vlak bij het raam, en grijpt blindelings naar de tak boven zijn hoofd. Hij heeft dit zo vaak gedaan dat hij het bijna met zijn ogen dicht kan. Voorzichtig schuift hij in de richting van de stam. Hij zoekt naar de volgende tak. Als hij Pineut wil zien, zal hij toch nog wat verder naar beneden moeten gaan. Ineens flitst er een fel licht in zijn ogen.

Matthijs schrikt zo dat hij bijna valt. Wat is dit? Waar komt dat licht vandaan? Het lijkt wel of het in de tuin schijnt! Hij klemt zich vast aan de boomstam en blijft bewegingsloos zitten. Zijn hart bonst in zijn keel en hij houdt zijn adem in. Een inbreker?

Van het ene op het andere moment is het weer net zo donker als daarvoor. Heel zachtjes laat Matthijs zijn adem ontsnappen. Hij moet terug. Terug naar zijn slaapkamer. Splinter en Joost waarschuwen.

Zonder geluid te maken klimt hij weer omhoog. Maar dan ineens hoort hij een stem. Een bekende stem. De stem van buurvrouw Van Zelzaete.

'Ja, met mevrouw Van Zelzaete, spreekt u. Z-e-l-z-a-e-t-e, met a-e. Van de Broederweg ja. Ja, het spijt me dat ik u weer lastigval, maar ik moet u toch echt rapporteren dat mijn buren...' De stem sterft weg. Een deur wordt dichtgetrokken.

Matthijs klimt zo snel hij kan omhoog en hijst zichzelf in het raamkozijn. Hij springt op de grond en grijpt zijn kleren van de vloer. Snel, snel! Voor het te laat is! Hij trekt zijn shirt en lange broek aan, en stapt met blote voeten in zijn sportschoenen. De veters stopt hij naar binnen. Geen tijd om ze vast te maken.

Zo zacht als hij kan gaat hij de trap af. Hij rent de donkere keuken in, zoekt naar de sleutel van de tuindeur, draait hem om. Hij sluipt naar buiten. Pineut staat bewegingsloos in het natte gras. Matthijs maakt het touw waaraan hij vaststaat los van de boom. 'Kom mee, jongen,' fluistert hij. 'Snel!' Het lijkt wel of Pineut begrijpt wat hij wil. Zonder tegen te stribbelen loopt hij achter Matthijs aan, de keuken in, de gang door. Matthijs grijpt een jas van de kapstok en draait de voordeursleutel om. Heel zachtjes doet hij de deur op een kier open. Hij kijkt naar links en naar rechts. Niemand te zien.

'Oké!' fluistert hij tegen Pineut. 'Nu!'

Pineut stapt gehoorzaam achter hem aan de stoep op. De hoeven klikklakken door de stille straat. Het geluid lijkt te weergalmen tegen de huizen. Matthijs bijt op zijn lip. Hij had Pineut sokken aan moeten doen. Alle mensen die liggen te slapen aan de straatkant kunnen dit horen! Als buurvrouw Van Zelzaete het maar niet hoort! En als de politie nog maar niet komt! Het politiebureau zit vlakbij. Ze kunnen hier binnen een paar minuten zijn.

Eindelijk hebben ze de hoek van de Broederweg bereikt. Ze slaan linksaf, de Groenestraat in. Matthijs probeert de deur van de fietsenstalling. Gelukkig... hij is open. Hij gaat naar binnen, met Pineut achter zich aan, en doet snel de deur weer achter hen dicht. Op de tast leidt hij Pineut naar achteren. In de hoek, helemaal achteraan, blijft hij staan. Het zweet druppelt langs zijn voorhoofd, en zijn hart gaat als een razende tekeer. Hij slaat zijn arm om de nek van het paard en strijkt hem over zijn neus. 'Niet bang zijn,' fluistert hij. 'Het komt allemaal goed.'

15. Stippelsokken

Eindeloos lang blijven ze samen staan wachten in de donkere, muf ruikende fietsenstalling. Matthijs krijgt het koud. Hij trekt zijn jas over zijn bezwete T-shirt aan. Wat is dit voor een jas? Het is niet die van hem, in elk geval! De mouwen zijn veel te lang. Een van Splinter of Joost zeker. Of van zijn vader misschien. Nou ja, wat maakt het ook uit? Er is toch niemand die hem ziet.

Matthijs hoort een auto langskomen en een eindje verder stoppen. Een portier slaat dicht. Hij verbergt zijn gezicht in zijn handen. Zou het de politie zijn? Straks bellen ze bij hen aan. Wat zullen Splinter en Joost denken als ze zien dat hij verdwenen is? En dat Pineut verdwenen is! Hij had een briefje achter moeten laten. Nee, natuurlijk niet. Stel je voor dat de politie dat gevonden had! Nog een auto komt voorbij. Zouden ze een zoekactie zijn begonnen? Een paar jongens fietsen langs, schreeuwend en lachend. De torenklok slaat twaalf keer. Twaalf uur al? Hij moet iets doen. Maar wat? Terug naar huis kunnen ze niet meer. En hij kan niet de hele nacht in deze fietsenstalling blijven staan.

Langzaam komt er een idee in Matthijs op. Hij voelt in de achterzak van zijn spijkerbroek en trekt er een stuk papier uit. De routebeschrijving die Joost voor hem had uitgeprint. Wat een geluk dat hij zonet dezelfde broek aan heeft getrokken. Met dit kaartje en deze aanwijzingen is het geen enkel probleem om bij dat opvangcentrum te komen.

Hij denkt even na. Hij heeft er eigenlijk weinig zin in om in het holst van de nacht door de polder te gaan lopen. Maar als het de enige manier is om Pineut te redden, dan moet het maar. Tessa zal wel boos zijn morgenochtend. Die had natuurlijk ook meegewild.

Hij wrijft over zijn kin. Langzaam trekt er een glimlach over zijn gezicht. Hij zou natuurlijk ook... Ja! Waarom vraagt hij Tessa niet gewoon om mee te gaan? Ze wil dit vast niet missen. Als hij nou snel even naar de Sint-Jacobstraat rent en wat steentjes tegen haar raam gooit...

'Luister,' fluistert hij tegen Pineut. 'Ik moet heel even weg. Ik bind je even vast, oké? Heel even maar. Ik ben zo terug.'

Hij slaat het uiteinde van het touw twee keer om het fietsenrek en sluipt naar de deur. Voorzichtig kijkt hij om het hoekje. Zachtjes doet hij de deur achter zich dicht. Hij rent over de brug naar de Burgwal. Het eerste steegje links slaat hij in. Er klinkt nog harde muziek uit het café aan de Bovennieuwstraat. Niet te geloven dat Tessa en haar moeder elke nacht in dit lawaai moeten slapen.

Hij laat zijn tempo zakken, steekt de Bovennieuwstraat over en probeert zo onopvallend mogelijk langs het café te lopen. Als er maar niemand vraagt wat hij hier doet, midden in de nacht. Maar de drie meisjes die net naar buiten komen, zijn zo druk aan het praten dat ze hem niet eens opmerken. Zonder op of om te kijken verdwijnen ze in de richting van de Plantage. Matthijs bukt en raapt een paar steentjes op. Daar is het huis van Tessa. Hij kijkt naar links en naar rechts. Maar het steegje ligt er nu weer verlaten bij. Alleen de muziek uit het café dreunt nog door.

Matthijs mikt en raakt een van de twee ramen op de eerste verdieping. Hij wacht even, maar er gebeurt niets. Hij gooit een tweede steentje en een derde. Zou ze soms oordopjes in hebben? Eindelijk gebeurt er iets. Het raam wordt een stukje omhooggeschoven, en Tessa roept boos: 'Hé, stelletje dronken aso's! Hier liggen mensen te slapen, hoor!'

'Tess!' roept Matthijs zacht. 'Ik ben het!'

'Wat?' Het raam gaat nu wat verder open, en Tessa steekt haar hoofd naar buiten. 'Matthijs!' zegt ze verbaasd. 'Wat doe jij hier?'

Matthijs wenkt. 'Kom naar beneden!'

Tessa's hoofd verdwijnt en het raam gaat weer dicht. Even later gaat de voordeur open. 'Kom binnen!' fluistert Tessa.

Matthijs wringt zich langs de fietsen, en gaat achter Tessa aan de kleine woonkeuken binnen. Tessa wil het licht aandoen, maar

Matthijs houdt haar tegen. 'Doe maar niet,' zegt hij, terwijl hij op een stoel bij de eettafel gaat zitten.

'Wat is er aan de hand?' vraagt Tessa.

'De politie is naar ons op zoek,' fluistert Matthijs.

'Wát?'

'Ja. Ik denk dat de buurvrouw Pineut toch gezien heeft, vanavond. Want toen wij allemaal sliepen, heeft ze een zaklamp gepakt en is ze op een ladder geklommen om over de schutting te kijken of het echt zo was.'

'Jullie buurvrouw?' zegt Tessa. 'Op een ladder?'

'Ja. En nu heeft ze de politie gebeld. En gelukkig dat ik het hoorde, anders hadden ze hem nu al weggehaald.'

'Waar is hij nu?'

'In de fietsenstalling. Ik ga hem naar de dierenopvang brengen. Kan me niet schelen dat het midden in de nacht is.'

'Natuurlijk niet,' zegt Tessa. Ze staat op en loopt naar de gang. 'Wacht even. Ik ben zo klaar.'

'Weet je dat wel zeker?' vraagt Matthijs. 'Vind je moeder eh... Ik bedoel...'

Tessa klakt met haar tong. 'Doe toch niet altijd zo moeilijk! Ik laat wel een briefje voor haar achter.'

'Oké.' Ineens valt Matthijs wat in. 'Hé, Tess! Neem vier sokken mee!'

'Vier sokken? Is goed.' Tessa verdwijnt over het smalle trapje naar boven.

Matthijs staat op en draait zich om naar het raam. Hij trekt de vitrage een stukje opzij, en krijgt de schrik van zijn leven als hij op nog geen meter afstand politieagent voorbij ziet lopen, de handen op de rug. Zijn ze nu ook hier al naar hem op zoek? Gauw laat hij de vitrage weer los. Ze moeten maken dat ze wegkomen hier.

'Ik ben klaar,' fluistert Tessa. Matthijs ziet dat ze een lange broek en trui heeft aangetrokken. Ze heeft een zaklamp in haar hand.

Slim. Als ze straks buiten Kampen zijn, is er geen straatverlichting meer, en dan zullen ze die goed kunnen gebruiken.

'Help me even met mijn fiets,' fluistert Tessa. 'Hij zit vast!'

Matthijs doet de deur open en trekt heel voorzichtig het stuur van Tessa's fiets los. Hij rijdt hem achteruit naar buiten. Tessa blijft even bewegingsloos in de gang staan, haar hoofd geheven. Dan knikt ze en trekt bijna geruisloos de deur achter zich dicht.

'Volgens mij heeft ze niks gehoord,' fluistert ze. 'Kom op. Wegwezen. En heel zachtjes hier. Op zolder hoor je echt alles wat er op straat gezegd wordt. Waar is jouw fiets?'

'Vergeten,' fluistert Matthijs.

'Spring maar achterop.'

'Nee, ik fiets wel. Ga jij maar achterop zitten.'

Hij springt op de fiets en wacht tot Tessa achterop gesprongen is. Dan rijdt hij snel door de Sint-Jacobstraat naar de Burgwal. Hij durft nauwelijks om zich heen te kijken, zo bang is hij dat ze ineens een politieagent tegenkomen. Maar ze bereiken de fietsenstalling zonder dat er wat gebeurt. Matthijs springt van de fiets, zet hem tegen de muur en gaat de schuur binnen. Hij ziet geen hand voor ogen, en even is hij bang dat Pineut verdwenen is. Maar dan beginnen zijn ogen aan de duisternis te wennen, en ziet hij een donkere vlek achter in de fietsenstalling. 'Hé, Pineut,' fluistert hij, terwijl hij zijn hand op hals van het dier legt. Hij voelt de oren bewegen alsof het paard luistert naar wat hij zegt. 'Daar ben ik weer. Tess, waar heb je die sokken?'

'Au!' fluistert Tessa, die achter hem aankomt en tegen de bagagedrager van een slordig neergezette fiets opbotst. 'Rotfietsen! Dat wordt weer een blauwe plek. Sokken? Ja, hier. Waarvoor heb je ze eigenlijk nodig?'

'Die hoeven van Pineut maken zoveel lawaai op straat. Ik wou hem sokken aandoen, zodat het niet zo goed te horen is.'

'O. Slim. Wacht, laat mij de achterbenen doen. Geef me eens een pootje, Pineut?' Tessa tilt een van de achterbenen op en trekt Pineut een sok aan over zijn hoef. 'Wat ben je toch braaf,' mompelt ze. 'Een ander paard zou vast proberen achteruit te trappen, maar jij niet, hè? Hé!' Ineens deinst ze achteruit en botst ergens tegenop. Een stel fietsen valt kletterend om.

'Ssst!' fluistert Matthijs. 'Straks hoort iemand ons!'

'Kan ik het helpen!' fluistert Tessa verontwaardigd terug. 'Hij probeerde me te schoppen. Kom op, Pineut, geef me je andere poot. Zo... klaar. Hé, dit zijn wel mijn mooie roze stippelsokken, dus ik hoop wel dat je ze een beetje netjes houdt.'

Matthijs bijt op zijn lip. Hij heeft stapels ongebruikte sportsokken in de kast liggen. En nu moet Tessa haar sokken opofferen! Nou ja. Hij moet morgen maar twee paar nieuwe sokken voor haar kopen. Hij pakt Pineuts rechtervoorbeen op en trekt hem op de tast een sok aan. Lastig. Hoe kan het dat Tessa dat zo snel voor elkaar kreeg? Die sokken zijn veel te klein voor die grote hoeven.

'Laat mij het maar doen,' zegt Tessa ongeduldig. 'Je moet de sok eerst flink oprekken, anders lukt het niet. Hierzo, klaar. Kom op, laten we gaan.'

Op dat moment gaat de deur van de fietsenstalling met een zwaai open. Matthijs heeft het gevoel dat zijn hart stil blijft staan. Hij slaat zijn hand voor zijn mond. In de deuropening ziet hij een grote man staan. Met zware stappen komt hij op hen af.

Hij voelt Tessa naast zich verstijven. Wat moeten ze doen? Ze kunnen geen kant meer op. Ze zitten in de val. Hij zet zich schrap en wacht op wat komen gaat. Een zaklamp die aangaat, een fel licht dat rondschijnt langs de fietsen en bij hem en Tessa uitkomt. Een hand die op zijn schouder wordt gelegd, een boze stem...

Maar er gebeurt niets. Hij hoort het gerinkel van sleutels, een slot dat openklikt, een fiets die uit het rek getrokken wordt, voetstappen die naar buiten gaan. De deur slaat weer dicht.

'Zooooo,' fluistert Tessa. 'Was dat effe schrikken! We waren er bijna bij!'

16. Midden in de nacht

De dunne sokjes van Tessa dempen het geluid van de paardenhoeven maar nauwelijks. Matthijs voelt het zweet over zijn rug druipen als ze door de Groenestraat langs de donkere huizen lopen, hij met Pineut achter zich aan, Tessa ernaast op haar fiets. Dit is de ergste nacht die hij ooit heeft meegemaakt.

Aan iets anders denken, houdt hij zichzelf voor. Dit is alleen maar een spannende droom. Net als gisternacht, toen ik droomde dat ik over al die schuttingen moest klimmen omdat er een monster achter me aanzat. Als ik wakker word, lig ik gewoon in mijn eigen bed. Niks aan de hand.

Hadden ze Pineut maar vijf paar sokken aangedaan. Dikke sportsokken, in plaats van die dunne meidensokjes. Dit helpt echt niks. Het lijkt de intocht van Sinterklaas wel, zoveel lawaai als ze maken. Matthijs bijt op zijn onderlip. Elk moment verwacht hij dat er ergens een slaapkamerraam opengegooid wordt en dat er iemand tegen hen begint te schreeuwen. Of nog erger, dat er een politieauto de Groenestraat indraait, naast hen komt rijden, en dat een nors uitziende agent het raampje laat zakken en vraagt wat ze hier aan het doen zijn, midden in de nacht. Of dat paard van hen is, en of hun ouders wel weten waar ze zijn. En of ze even mee willen gaan naar het bureau.

In de verte slaat de torenklok één uur.

'Spannend, hè?' fluistert Tessa opgewekt. 'Het lijkt wel een film!'

'Ja!' fluistert Matthijs zo vrolijk mogelijk terug. 'Vet spannend. Hier naar links.'

Als ze op de Flevoweg zijn, begint hij zijn angstige voorgevoelens eindelijk een beetje kwijt te raken. Er staan hier minder huizen, en de weg is een stuk breder, met een fietspad en een voetpad ernaast. Misschien gaat het toch lukken zonder dat ze aangehouden worden. 'Mag ik eens fietsen?' vraagt hij aan Tessa.

'Ik wil kijken of hij misschien wil draven. Dan kun jij achterop.'

'Oké,' zegt Tessa. Ze stapt af. Matthijs neemt de fiets van haar over, springt erop en trekt zachtjes aan het touw. Hij klakt met zijn tong. Pineut lijkt de hint te begrijpen. Hij begint harder te lopen

'Hé!' zegt Tessa. 'Wacht even! Ik zit nog niet achterop!'

'Ho, Pineut,' zegt Matthijs. 'Hoooo!'

Maar Pineut laat zich niet stoppen. Hij loopt nu zo hard dat Matthijs niet eens meer hoeft te trappen. Hij wordt gewoon mee-getrokken.

'Wacht nou!' roept Tessa verontwaardigd.

'Dat probeer ik!' roept Matthijs over zijn schouder. 'Hij stopt niet! Ho, Pineut! Ho! Stop!' Hij trekt aan het touw, maar Pineut gaat steeds harder.

'Hij luistert niet! Ho, zeg ik toch! Ho!'

Pineut gaat over in galop. Het gaat nu zo snel dat Matthijs niet meer achterom durft te kijken. De koele wind suist langs hem heen. Hij gaat rakelings langs een lantaarnpaal en kan nog net bij-sturen.

'Laat hem los!' hoort hij Tessa in de verte roepen.

Matthijs zet zijn tanden op elkaar. Hij durft niet eens te kijken naar het touw dat hij twee keer om zijn hand gewikkeld heeft, uit angst dat hij zal vallen. Een auto komt met hoge snelheid voorbij-razen. Pineut schrikt en galoppeert de berm in. Matthijs voelt zijn wielen slippen en probeert wanhopig overeind te blijven. Dan ineens ziet hij het gras op zich afkomen.

'Thijs! Thijs! Zeg nou wat! Thijhijs!'

Matthijs doet zijn ogen open en kijkt in het ongeruste gezicht van Tessa. Zijn hoofd doet pijn en hij voelt zich zo slaperig dat zijn ogen vanzelf weer dicht zakken.

'Matthijs! Word wakker! Is er wat aan de hand?'

Met een diepe zucht doet Matthijs zijn ogen weer open. Boven zijn hoofd ziet hij de maan, die bijna vol is, de grote beer, de

poolster... Hij fronst. Langzaam dringt het tot hem door dat dat helemaal niet kan. Hoe kan hij vanuit zijn bed de maan en de sterren zien?

Ineens herinnert hij zich alles weer. Pineut! Waar is Pineut? En hoe komt Tessa hier? 'Hé, Tess! Eh... wat doe jij...' Hij vergeet wat hij wilde zeggen en zijn ogen zakken weer dicht.

'Matthijs! Doe je ogen open of ik bel 112!' zegt Tessa streng.

Matthijs probeert zijn ogen open te doen. Zijn oogleden hebben nog nooit zo zwaar aangevoeld. Hij wrijft over zijn voorhoofd en kijkt Tessa slaperig aan. 'Zo beter?'

'Veel beter! Kun je opstaan?'

Matthijs zucht. Natuurlijk kan hij opstaan. Straks. Als hij niet meer zo moe is.

'Nee!' zegt Tessa. 'Niet in slaap vallen! Kom op!'

'Oké, oké.' Matthijs draait zich op zijn zij en voelt met zijn linkerhand aan de zijkant van zijn hoofd. Zijn haar voelt warm en kleverig. Heeft hij in de modder gelegen? Moeizaam komt hij overeind. Zijn hoofd steekt en bonkt. Zijn hand! Waarom doet zijn rechterhand zo'n pijn? Hij blijft even zitten op het gras.

'Waar is Pineut?'

'Staat hier vlakbij te wachten tot we weer verder kunnen.'

'O. Wat is er eigenlijk gebeurd?'

'Weet je dat niet? Je bent gevallen, man! Je hebt wel tien minuten liggen slapen!' Tessa steekt haar hand uit en trekt hem omhoog. 'Ik wou al een ambulance gaan bellen. Het is dat er hier geen telefooncellen staan!'

Matthijs voelt zich plotselijk misselijk worden, en alles begint om hem heen te draaien. 'Hé, wat ga je doen!' hoort hij Tessa uit de verte zeggen. 'Hé, blijf staan!'

'Jaja,' mompelt hij. 'Wacht even.'

Tessa slaat een arm om hem heen en helpt hem naar de berm naast het voetpad, waar ze wat verder van de weg af zijn. 'Ga hier maar even zitten,' zegt ze. 'Volgens mij heb je een hersenschudding.'

'Echt niet,' zegt Matthijs. Hij voelt nog een keer aan zijn hoofd.

'Alleen een bult. Hé! Hoe kom ik daar nou aan? Wat is er gebeurd?'

Tessa gaat naast hem in het gras zitten. 'Je bent gevallen. Laat eens kijken, die bult.' Ze knipt haar zaklamp aan en bestudeert Matthijs' hoofd.

'Au!' zegt Matthijs. 'Niet aankomen!'

'Ik kom er helemaal niet aan, man! Ik kijk alleen maar. Zie je wel, je hebt bloed! Je bent gewond!'

'Bloed? Wat is er gebeurd?'

Tessa zucht. 'Je bent gevallen, zeg ik toch! Laat je hand eens zien?' Matthijs steekt zijn linkerhand uit.

'Niet die! Je andere hand!' Voorzichtig neemt Tessa zijn hand in die van haar en schijnt erop met haar zaklamp. Ze klakt met haar tong. 'Doet het pijn?'

'Ja.'

'Kan me voorstellen. Dat touw staat er helemaal in afgedrukt.'

'Touw? Welk touw?'

'Dat touw waarmee je...' Tessa stopt en kijkt hem ongerust aan. 'Hé, je bent toch niet je geheugen kwijt, hè? Weet je nog wie je bent?'

'Ja, natuurlijk weet ik dat!' zegt Matthijs geërgerd.

'Nou, hoe heet je dan?'

Matthijs snuift. 'O, jíj bent je geheugen kwijt!'

Ineens valt zijn oog op Pineut, die vastgebonden aan een boom vlak bij de sloot staat te grazen. 'Wat doet Pineut hier nou? Wat is er gebeurd? Ik weet alleen nog dat we zouden proberen of hij kon draven.'

'De rest weet je niet meer?'

'Heus wel!' snauwt Matthijs. 'Ik wil alleen kijken of jij het nog weet.'

'Nou, Pineut ging er met jou vandoor voor ik achterop kon springen, en toen sloeg hij op hol, en ik riep nog tegen jou dat je het touw los moest laten, maar dat deed je niet. En ik rende zo hard als ik kon achter jou aan, maar ik kon jullie natuurlijk nooit inhalen, en toen kwam er een auto aan, en ik schrok me rot, ik dacht: straks rijdt hij jullie nog omver, maar toen schrok Pineut en hij ging helemaal slingeren en toen viel je.'

'O ja,' zegt Matthijs. Hij kan zich er niets meer van herinneren. 'En Pineut?'

'Die stopte. Hij bleef bij jou staan, en snuffelde aan jouw gezicht. Weet je dat je de hele tijd met je arm op de grond sloeg? Een heel eng gezicht, man!'

Matthijs schudt zijn hoofd en voelt een scheut van pijn door zich heen gaan. Hij weet er niets meer van.

Tessa komt overeind. 'Kom op,' zegt ze. 'Ik ga je naar huis brengen.'

'Waarom?'

'Je bent gewond. Je moet naar bed.'

'O ja? En wat wou je dan met Pineut doen?'

'Die laat ik hier even staan. Hier ziet niemand hem, in de schaduw. Als ik jou thuisgebracht heb, ga ik terug om hem naar het opvangcentrum te brengen.'

'Doe niet zo belachelijk!' zegt Matthijs boos. Hij wrijft met zijn handen over zijn ogen en probeert zich te concentreren. Heel langzaam komt alles weer terug. 'Helemaal niet oké! Dat kan toch niet, dat jij in je eentje helemaal naar dat dierenhuis gaat, midden in de polder! Weet je wel hoe donker het daar is? Dat is gevaarlijk hoor, voor een meisje!'

'Dat weet ik wel, maar...' Ze haalt haar schouders op en kijkt hem met een hulpeloze glimlach aan. 'Nou ja. Anders is alles toch voor niets geweest?'

Matthijs steekt zijn handen in de lucht. 'Goed, goed. Dan gaan we wel samen.'

'Echt?' zegt Tessa gretig, terwijl ze zijn goede hand pakt en hem overeind trekt. 'Weet je zeker dat het gaat?'

'Tuurlijk gaat het,' zegt Matthijs met een onhoorbare zucht. 'Geen probleem.

17. Op hol

Hoe lang zijn ze nu al onderweg? Matthijs is zo moe dat hij geen idee meer heeft van de tijd of van de afstand die ze hebben afgelegd. Met Pineut aan het touw achter zich aan sjokt hij verder in het donker. Ze zijn Kampen allang uit en hebben de zaklamp nu hard nodig om niet van de weg af te raken. Het briefje met de routebeschrijving heeft hij aan Tessa gegeven. Die mag uitzoeken hoe ze moeten lopen. Zijn hoofd klopt en steekt, zijn rechterhand lijkt steeds dikker te worden, zijn voeten branden. Hij heeft het gevoel dat hij een paar flinke blaren heeft. Had hij zijn sokken maar aangedaan.

Tessa schijnt over de weg. 'Hé, Matthijs!' zegt ze enthousiast. 'Hier is die splitsing! Nog maar een halve kilometer! Dan zijn we er! Hier naar rechts.'

'Oké,' mompelt Matthijs.

Tessa kijkt achterom. 'Gaat het nog?'

'Jawel.'

'Hoe is het met je hoofd?'

'Prima.' Hij haalt diep adem en probeert de pijn in zijn hoofd te negeren. 'Niks aan de hand.'

'Het is al bijna drie uur, wist je dat? Straks wordt het alweer licht.'

'O. Handig.'

Tessa knipt haar zaklamp even uit. Ineens geeft ze een kreet. 'Daar! Kijk daar! Zie je die lichtjes? Daar staat een huis! Zou dat het zijn?'

Matthijs kijkt. Nu ziet hij het ook. Tussen de bomen en struiken door schijnt licht. Hij slaakt een zucht van opluchting. 'Zie je dat, Pineut?' zegt hij. 'We hebben het gehaald! Kom op, nog een klein eindje.'

Het erf van het dierenopvangcentrum is verlicht, maar binnen is alles donker. Het lijkt wel een boerderij, ziet Matthijs als hij met Pineut achter zich aan de oprit oploopt. Maar wel een vreemde boerderij. Aan de zijkant zijn enorme kooien gebouwd. Als ze dichterbij komen, begint een hond hard te blaffen. Meteen slaan drie, vier andere honden ook aan.

Matthijs is zo moe dat hij niet eens meer schrikt. Hij trekt Pineut mee de berm in, achter een paar struiken, buiten bereik van het licht. Tessa komt naast hem staan, haar fiets aan de hand. 'Hallo zeg!' fluistert ze. 'Ik schrik me rot! Ik krijg bijna een hartverzakking!' Matthijs legt zijn hand op Pineuts hoofd. Hij voelt de oren onrustig bewegen. Zou hij bang zijn voor honden?

Pineut schudt met zijn kop heen en weer. Even is Matthijs bang dat hij zal gaan hinniken. Tessa legt haar arm om Pineuts nek. 'Stil maar,' fluistert ze. 'Stil maar. Rustig aan. Niks aan de hand.'

Het lijkt te helpen. Pineut laat zijn hoofd weer zakken. Roerloos blijven ze staan wachten tot het geblaf opgehouden is. Matthijs merkt dat zijn ogen bijna dicht zakken. Hij zou zo kunnen slapen, half tegen Pineuts rug aan hangend. Wat doet zijn hoofd pijn. Zou het nog steeds bloeden? Voorzichtig voelt hij aan zijn bult. Zijn haar voelt hard en stug aan. Het bloeden zal wel gestopt zijn.

'Wat doen we nu?' fluistert Tessa over Pineuts rug heen. 'Als we dichterbij komen, gaan ze weer blaffen. Straks komt er nog iemand naar buiten!'

Matthijs schrikt op. 'Eh... wat zei je?'

'Waar zetten we hem neer? Als we dichterbij komen, gaan die honden weer blaffen.'

'Eh... wat dacht je ervan als we hem gewoon hier laten staan?' fluistert Matthijs. 'We kunnen hem aan deze boom vastbinden. Hier heeft hij genoeg gras. En ze zien hem zo, als het licht is.'

'Heel goed,' zegt Tessa zachtjes. Liefkozend klopt ze Pineut op zijn nek. 'Vind je niet erg, hè, Pineut, dat we je hier even te vondeling zetten?'

Matthijs maakt het touw vast aan een boomstam en controleert of het goed vastzit. Dan draait hij zich om naar Pineut. Hij haalt diep adem. 'Nou, tot ziens dan maar,' fluistert hij, terwijl hij het paard voor de laatste keer over zijn neus strijkt.

'Wacht!' fluistert Tessa. 'Hij is helemaal bezweet, natuurlijk! We moeten hem droogwrijven! Eline heeft gezegd dat je een paard altijd droog moet wrijven als je erop gereden hebt.'

'We hebben er niet op gereden,' fluistert Matthijs terug. 'We hebben alleen maar gelopen.'

Tessa klakt geërgerd met haar tong. 'Ben je vergeten hoe hard hij gegaloppeerd heeft? O nee, je wist alles nog.'

Met een boze grom trekt Matthijs zijn jas en zijn shirt uit. Zijn shirt is klam van het zweet, maar als hij er Tessa tevreden mee krijgt... Hij wil maar een ding, en dat is weg hier. Terug naar huis, terug naar zijn bed. Met zijn shirt wrijft hij over Pineuts rug en flanken.

'De poten ook,' fluistert Tessa.

'Jaja, rustig maar. Ik was nog niet klaar, hoor.'

'Nou, je hoeft echt niet zo chagrijnig tegen mij te doen, hoor!'

Matthijs stopt met wrijven en gooit zijn T-shirt neer. 'Alsjeblieft. Doe het zelf maar.'

Zonder wat te zeggen pakt Tessa het shirt van de grond en wrijft Pineuts benen ermee droog. Matthijs huivert. Hij pakt zijn jas van de grond en trekt hem aan over zijn blote bovenlijf.

'Hé, je shirt!' fluistert Tessa, terwijl ze het hem in zijn handen duwt. 'Moet je dat niet aan?'

'Nee, bedankt! Dat stinkende natte paardenshirt zeker! Dacht je dat ik straks ook lintworm wil hebben?'

'Ringworm, zul je bedoelen!'

'Whatever. Kunnen we nou gaan, of wil je hier liever tot morgenochtend blijven?'

Tessa grinnikt. 'Oké. We gaan.' Ze slaat haar armen om Pineuts nek heen. 'Tot ziens, Pineut! Als we genoeg geld hebben, komen we je halen!'

Voor Tessa uit sluipt Matthijs de oprit af. Een paar honden beginnen luidkeels te blaffen, en er klinkt gerammel alsof ze tegen hun kooi opspringen.

'Snel!' zegt Tessa. Ze springt op haar fiets. 'Kom achterop! We hebben iemand wakker gemaakt!'

Matthijs kijkt om. Boven in de boerderij brandt nu ineens licht. Beneden springen ook lampen aan. Er komt iemand aan! Hij rent achter Tessa aan en springt achterop. Tessa racet over het pad en slaat de hoek om.

'Hé!' hoort Matthijs een mannenstem boven het geblaf van de honden uit. 'Wat is er aan de hand? Rustig een beetje, jullie!'

Tessa bukt voorover en trekt haar dynamo van de band. De weg is ineens pikdonker. 'Zo,' zegt Tessa tevreden. 'Nu kan niemand ons meer zien.'

'Nee, en wij liggen straks in de sloot,' zegt Matthijs. 'Jij kunt toch ook niks meer zien?'

'Ach, jawel, joh. De maan schijnt toch! Ik zie prima hoe we – wooooooh!' De fiets slingert gevaarlijk, en Matthijs valt er bijna achterover af. Hij kan zich nog net overeind houden.

'Moet ik je even bij schijnen met de zaklamp?' biedt hij aan.

'Niet nodig,' zegt Tessa. 'Het gaat wel.'

'Zal ik fietsen?'

'Ben je gek? Ik zag het heus wel hoor, dat je zonet bijna weer onderuitging. Ik fiets. Geen gezeur.'

Matthijs is te moe om te protesteren. Hij leunt tegen Tessa's rug aan en kijkt naar het zachte oranje licht dat boven de stad hangt. Zou dat de lichtvervuiling zijn waar meester het in de klas pas over gehad heeft? Lichtvervuiling... Nou, als hij eerlijk is, vindt hij het op dit moment alleen maar handig, al dat licht. Zo kunnen ze Kampen tenminste niet missen.

'Laatste halte,' hijgt Tessa. 'Iedereen uitstappen!'

Matthijs schrikt op en kijkt om zich heen. Ze zijn in de Broeder-weg. Nu al? Heeft hij soms geslapen onderweg? Hij wil afstappen, maar beseft dan ineens dat dit zijn huis is, en dat Tessa nog ver-der moet.

'Ik stap pas af in de Sint-Jacobstraat,' zegt hij.

'Alsof ik nog niet lang genoeg met jou achterop heb rondgefietst,' kreunt Tessa. 'Ik kan niet meer! Vooruit! Stap af!'

'Nee. Fiets door.'

'Oké, oké.' Mopperend rijdt Tessa de Broederweg door. Lijkt het nou zo of begint het alweer licht te worden? Matthijs kijkt omhoog. De maan wordt al bleker, en de Grote Beer is bijna niet meer te zien. In een boom aan de Burgwal wordt een vogel wakker.

Tessa slaat linksaf de Sint Jacobstraat in. 'Gelukkig,' fluistert ze, als ze voorbij het café zijn en het donkere huisje zien. 'Mijn moeder is niet wakker geworden. Gauw het briefje weer weghalen, voor ze het leest!' Ze remt af, en Matthijs springt van de fiets.

'Bedankt voor de lift,' zegt hij zacht. 'Ik ga naar huis.'

'Is goed,' fluistert Tessa zachtjes, terwijl ze haar sleutel uit haar broekzak vist en hem heel voorzichtig in het slot steekt. 'Wil je mijn fiets mee?'

'Dat kleine eindje? Nee, ik loop wel.'

Tessa doet de deur open en rijdt haar fiets naar binnen. Als de deur zachtjes dichtgaat, draait Matthijs zich om. Langzaam, om zijn hoofdpijn niet nog erger te maken, loopt hij terug door de donkere straten. Het is gelukt! Ze hebben Pineut afgeleverd bij het opvangcentrum. Hij is eindelijk veilig.

Pas als hij voor de deur staat, weet hij wat hij vergeten is. Zijn sleutel.

18. Beroepsgeheim

Als ik niet zo'n hoofdpijn had, zou ik mezelf voor de kop slaan, bedenkt Matthijs boos. Wie vergeet er nou zijn sleutel als hij in het holst van de nacht met een paard op stap gaat! Als Joost of Splinter hun slaapkamer aan de voorkant van het huis zouden hebben, zou hij het weer met steentjes kunnen proberen. Maar ze slapen net als hij aan de achterkant. En ze slapen diep. Moeder kan ze 's morgens vaak met geen mogelijkheid wakker krijgen.

Met een zucht drukt hij de voordeurbel in, zo hard hij kan. Twee keer, drie keer, vier keer. Dit moeten ze horen. Hij leunt met zijn voorhoofd tegen de deur. Hij is zo moe...

Het lijkt uren te duren voor de deur eindelijk opengaat. Matthijs valt naar binnen. Vaag hoort hij eerst Splinter en daarna Joost tegen hem praten. Lijkt het maar zo, of zweeft hij naar boven, de trap op?

Ineens ligt hij in bed. Vlak onder het open raam fluit een merel. Hij krult zich op zijn zij en zakt weg in een bodemloze slaap.

'Thijs! Hé, Thijs! Word eens wakker!'

Matthijs doet een oog open en kijkt in het gezicht van Splinter. 'Hoe gaat het?'

'Koppijn,' kreunt Matthijs. 'En mijn hand! Au!' Hij kijkt naar zijn rechterhand, die nog dikker is geworden. Over de rug van zijn hand loopt een pijnlijke, rode striem.

'Wil je wat drinken? Ik heb thee voor je.'

Matthijs rekt zich voorzichtig uit. 'Hoe laat is het? Moet ik al naar school?'

'Het is halftwaalf geweest,' zegt Splinter. 'En je hoeft niet naar school.'

'Huh? Niet naar school? Is het vandaag zaterdag?'

'Het is dinsdag.' Splinter schuift een stapel kleren van een stoel af en gaat zitten. 'Weet je niet meer wat er gebeurd is? Je lag midden in de nacht ineens buiten voor de deur! We zijn ons kapot geschrokken, Joost en ik. Joost heeft je naar boven gedragen en in bed gelegd.'

'O ja,' zegt Matthijs. Hij wuift met zijn linkerhand. 'We hebben Pineut naar het opvanghuis gebracht.'

'Ja, jullie zijn een stelletje ongelofelijke stomkoppen!' zegt Splinter. 'Vanmorgen kwam Tessa langs, en die heeft verteld wat er gebeurd is. Luister, ik heb de dokter gebeld. Die komt zo langs om te kijken hoe het is.'

'De dokter? Wát? Ben je nou helemaal?' Matthijs schiet overeind, maar valt meteen weer achterover. 'Ik ben niet ziek,' zegt hij zwakjes. 'Waarom heb je me niet eerder gewekt! Ik moet naar school! Oooh! Auuuuu! M'n kop!'

'Blijf liggen,' zegt Splinter streng. 'Hier is je thee. Ik zet het naast je bed.'

'Dank je.' Ineens schiet Matthijs iets te binnen. 'Hé, Splinter!'

'Ja?'

'Wat hebben jullie eigenlijk gezegd, toen de politie vannacht aan de deur stond?'

Splinter kijkt hem hoofdschuddend aan. 'Daar had Tessa het ook al over, vanmorgen. Dat jullie daarom midden in de nacht Pineut hebben weggebracht. Maar er is hier helemaal geen politie aan de deur geweest. Niet dat ik weet, tenminste.'

'Hè?' Matthijs fronst. De politie is helemaal niet aan de deur geweest? Dus dat betekent dat hij voor niets midden in de nacht samen met Pineut het huis uit gevlucht is! Dat die hele tocht van Tessa en hem in het donker helemaal niet nodig was! Hij kreunt en sluit zijn ogen. Wat een sukkel is hij!

'Hier ligt ie,' klinkt de stem van Splinter van achter de deur. Matthijs schrikt wakker. De dokter! Hij kijkt om zich heen. Wat een puinhoop is het hier! Overal kleren op de grond, vies en schoon door elkaar. En zijn tijger! Help! Snel probeert hij hem weg te moffelen onder zijn dekbed. De dokter hoeft niet te zien dat hij nog met een knuffel slaapt.

Een klopje, de deur gaat open en de dokter komt binnen. Hij glimlacht vriendelijk. 'Zo, Matthijs! Wat hoor ik nou? Ben je gevallen?'

'Ja,' zegt Matthijs. Zijn gedachten gaan razendsnel. Wat kan hij vertellen aan de dokter? Niet te veel. Stel je voor dat hij de politie belt!

'Wat is er precies gebeurd?'

Matthijs hijst zichzelf een beetje overeind. 'Nou, ik ben met mijn fiets in de berm geraakt, en toen ben ik geslipt en gevallen.'

'Vanmorgen onderweg naar school?' zegt de dokter. 'Blijf maar liggen.' Hij haalt zijn stethoscoop tevoorschijn en legt het koude ijzer op Matthijs' borst. 'Zucht maar eens.'

Matthijs zucht zo diep hij kan. Als hij moet zuchten, hoeft hij tenminste niet te praten.

'Nee, het was vannacht,' zegt Splinter, die op het bureau is gaan zitten, zijn blote voeten op de kruk. 'Toen hij een paard aan het redden was.'

Verontwaardigd draait Matthijs zijn hoofd om. Zijn ogen spugen vuur. 'Hé, hallo!' zegt hij boos. 'Waarom zeg je dat?'

'Dokters vertellen nooit wat verder,' zegt Splinter. 'Het maakt niet uit. Je kunt het best vertellen.'

Matthijs kijkt naar de dokter. Hulpeloos steekt hij zijn handen in de lucht. 'Oké. Het was vannacht.'

'Ben je bewusteloos geweest?' vraagt de dokter. Met een fel lampje schijnt hij in Matthijs' linkeroog.

'Nee!' zegt Matthijs snel. 'Helemaal niet. Ik heb alleen maar eventjes geslapen.'

'Hij heeft ook een heel rare hand,' zegt Splinter. 'Het paard heeft hem van zijn fiets af getrokken.'

'Laat maar eens zien,' zegt de dokter.

Matthijs steekt zijn rechterhand uit. De dokter bevoelt hem zachtjes. 'Kun je al je vingers bewegen?' vraagt hij. Voorzichtig beweegt Matthijs zijn vingers.

'Dat doet geen pijn?'

'Niet echt, geloof ik.'

'Goed,' zegt de dokter, terwijl hij op de rand van het bed gaat zitten en Matthijs' haar voorzichtig opzij trekt om de wond op zijn hoofd te kunnen inspecteren. 'Dit wil ik even schoonmaken. En dan zal ik kijken of het nog gehecht moet worden.'

'U zegt het toch niet tegen de politie, hè?' vraagt Matthijs.

'Hmm?

'Nou, van dat paard.'

De dokter antwoordt niet. Met een gaasje met iets kouds erop maakt hij voorzichtig de wond schoon. Matthijs knijpt zijn ogen stijf dicht. Waarom moet hij ook van dat prikkende spul gebruiken!

'Zo,' zegt de dokter. 'Het valt mee. Dat hoeft niet gehecht te worden. Wat zei je? O ja. Nee, je broer heeft gelijk. Dokters hebben een beroepsgeheim. Dus ik mag tegen wie dan ook helemaal niets over een paard vertellen. Maar ik kan je wel zeggen dat ik het bijzonder onverstandig vind om midden in de nacht met een paard te gaan rondfietsen. Om wat voor reden dan ook. Dat zou ik je zeker niet meer aanraden.'

Hij schrijft iets op een klein papiertje, stopt het in een envelop en legt die op het kastje naast het bed. 'Ik wil dat je even een foto van die hand laat maken. Bij de polikliniek kunnen ze je hand ook inzwachtelen als dat nodig is.'

'Heb ik een hersenschudding?' vraagt Matthijs.

De dokter staat op en pakt zijn tas. 'Een lichte hersenschudding. Neem de komende dagen maar rust, en kijk zelf hoe het gaat. Als de hoofdpijn over is, hoef je niet meer in bed te blijven liggen. En je mag gewoon paracetamol nemen als dat nodig is. Goed? Als er wat is, dan bel je maar.' Hij staat op en glimlacht naar Matthijs. 'Ik zal je geen hand geven, want dat lijkt me een beetje gemeen nu. Tot ziens.' Hij steekt zijn hand op naar Splinter, die opspringt. 'Ik kom er zelf wel uit.'

'Dank u wel,' zegt Matthijs. Maar de dokter is al verdwenen.

'Zo,' zegt Splinter, terwijl hij weer op het bureau gaat zitten. 'Een hersenschudding. Daar zijn we mooi klaar mee. Papa en mama zijn vast woest als ze het horen.' Hij zucht. 'Vooral op Joost en mij, natuurlijk.'

'Ik zal wel zeggen dat het jullie schuld niet is,' zegt Matthijs. Hij pakt de envelop van zijn nachtkastje en kijkt ernaar. 'Wat moeten we hiermee? Waarom moet ik een foto van mijn hand laten maken?'

'De dokter wil weten of hij gebroken is,' zegt Splinter somber. 'Ik hoop van niet, zeg. Dan zullen papa en mama pas echt boos zijn.'

'Tjonge, meelevend ben jij,' zegt Matthijs. 'Je hoopt alleen maar dat hij niet gebroken is omdat je bang bent voor papa en mama.'

'Precies,' zegt Splinter. 'Voor de rest kan het me niks schelen. Nee, help, niet gooien! Het was maar een grapje! Au!' Hij wrijft over zijn neus, pakt de tijger van de grond en gooit hem terug.

'Hé!' roept Matthijs, terwijl hij onderuit duikt om zijn knuffel te ontwijken. 'Ik heb een hersenschudding hoor!'

'Precies. Daarom dacht ik ook dat je een makkelijk slachtoffer was. Maar je reflexen zijn nog uitstekend, helaas.'

Matthijs gaat voorzichtig weer rechtop zitten. 'Denk je echt dat papa en mama kwaad zijn als ze horen dat ik een hersenschudding heb?' vraagt hij. 'En dat ik misschien mijn hand gebroken heb? Misschien kan ik maar beter geen foto laten maken.'

'Natuurlijk wel,' zegt Splinter. 'Ga nou maar mee. Je mag bij mij achterop naar de polikliniek.'

'Achter op de brommer?'

'Nee! Mag niet van papa en mama. En kun je je alsjeblieft eerst even gaan douchen? Je stinkt een uur in de wind.'

'Pfff!' moppert Matthijs, terwijl zijn voeten voorzichtig naast bed zet. Zijn hoofd bonst als hij opstaat, en hij moet zich aan zijn bureau vastgrijpen om overeind te blijven. 'Alsof jij je altijd wat van papa en mama aantrekt! Au! Mijn hoofd!'

19. Frietmand

'Zie je wel!' zegt Matthijs, als ze langs het park terugrijden naar huis. Hij zit bij Splinter achter op de fiets, en een warme wind strijkt langs zijn gezicht. 'Ik zei toch dat ik niks gebroken had! Je hebt me helemaal voor niks mijn bed uit gesleept.'

Splinter kijkt achterom. 'Voor niks? Je hebt een prachtig verband om je hand! Wees blij! Dat vinden de meiden zielig, snap je? Daar houden ze van. Je had moeten vragen of je ook nog een mitella kon krijgen. En een verband om je hoofd. Dan zou je ze van je af moeten slaan!'

Matthijs trekt een vies gezicht. 'Ik wil helemaal geen meiden van me afslaan!'

'Nee, snap ik,' zegt Splinter begrijpend. 'Zou ik ook niet doen.'

'Je snapt het niet, dombo! Ik wil niet dat ze op me af komen!'

Splinter glimlacht meewarig. 'Over een paar jaar praat je wel anders.'

'Nooit!' snauwt Matthijs. 'Ik ga nooit zo'n stomme meidenkwijler worden als Joost en jij!'

'Oké, oké! Maar mag ik jouw verband als jij het niet meer nodig hebt?'

Matthijs snuift verachtelijk. 'Jij bent echt ziek, jij!'

Als ze langs de Cellebroederspoort komen, kijkt hij het park in. Een groepje kinderen komt pratend en lachend aanfietsen. Hé, dat meisje met dat rode T-shirt en dat baseballpetje, is dat Tessa niet? En daar rijdt Esgo ook!

Hij steekt een hand in de lucht. 'Hé, Tess!' roept hij enthousiast. 'Esgo!' Meteen grijpt hij naar zijn pijnlijke hoofd. Au! Hij moet helemaal niet roepen!

Tessa haalt een paar jongens in, suist de bocht door en spurt met Esgo achter zich aan op hen af. 'Hé, Matthijs! Splinter! Wacht even! We waren net op weg naar jullie toe.'

Esgo geeft Matthijs een klap op zijn schouder. 'Hé, hoe gaat ie!'
'Aaaah!' kreunt Matthijs. 'Niet doen! Dat dreunt door mijn hele hoofd heen.'
'Hij heeft een hersenschudding,' zegt Splinter.
'Zei ik toch!' zegt Tessa triomfantelijk.
'Jammer dat ik er niet bij ben geweest,' zegt Esgo jaloers. 'Waarom heb je mij niet gebeld? Ik had het wel kicke gevonden!'
'O, sorry,' zegt Matthijs. 'Even vergeten, toen de buurvrouw de politie belde. Hé, Tess, wat heb je eigenlijk aan meester verteld?'
'O, gewoon, dat je een hersenschudding had en dat je een paar dagen thuis moest blijven.'
'Voortaan hoef je niet meer naar de dokter, Thijs,' zegt Splinter. 'Je kunt gewoon aan Tessa vragen wat er aan de hand is.'
Matthijs grinnikt. 'Handig. Hé, maar wat zei meester? Wou hij niet weten hoe het kwam en zo?'
Tessa haalt haar schouders op. 'Ik heb gezegd dat je gevallen was met de fiets, en dat je met je kop op het fietspad terecht was gekomen en dat je toen bewusteloos was, en dat ik je had thuis-gebracht.'
'En hij vroeg niet...'
'Nee, hij vroeg niet of dat misschien om twee uur 's nachts gebeurd was,' zegt Tessa met een vermoeide zucht. Ze ontwijkt een auto en grijpt dan ineens Matthijs' arm vast. Ze grijnst. 'Hé, weet je? Meester wilde eigenlijk meteen na schooltijd bij je langs-komen. Om te kijken hoe het met je was. We konden hem bijna niet tegenhouden.'
Ze giechelt als ze Matthijs' verschrikte gezicht ziet. 'We hebben maar gezegd dat het niet kon, omdat je nog te zwak was.'
'Bedankt,' zegt Matthijs opgelucht. Meester is best aardig. Maar om hem nou aan je bed te zien staan...
'Waar komen jullie eigenlijk vandaan?' vraagt Esgo. 'Van de dok-ter? Hé, je hand! Wat heb je met je hand?'
'O, die was nogal dik. De dokter dacht dat ik iets gebroken had, dus ik moest er een foto van laten nemen. Maar er was niks aan

de hand, alleen een beetje gekneusd. Hé, maar meester was dus helemaal niet boos?'

'Nee, helemaal niet!' zegt Tessa. 'Hij vond het juist zielig voor je. Iedereen vond het zielig. Vooral de meisjes.'

'Nou, wat zei ik?' zegt Splinter triomfantelijk.

'Houd je kop!' bromt Matthijs.

Tessa kijkt niet-begrijpend van de een naar de ander.

'Laat maar,' zegt Matthijs.

'Eline wilde meteen een inzamelingsactie gaan houden om een fruitmand voor je te kopen,' zegt Esgo. 'Maar Tessa zei dat dat niet nodig was.'

'Wat?' roept Matthijs. Hij kijkt Tessa verontwaardigd aan. 'Waarom heb je dat gezegd? Ik wil best een fruitmand, hoor!'

'Ach, man, wat moet jij nou met een fruitmand!' zegt Splinter. 'Een fruitmand is voor als je zeventig bent, niet voor als je in groep acht zit. Hé, Esgo, kun je niet tegen Eline zeggen dat ze een mand met friet en frikadellen en hamburgers moet kopen? Een friet-mand, zeg maar? Dan hebben wij er tenminste ook wat aan.. Of een snoepmand. Mag ook.'

Esgo grijnst. 'Ik zal het voorstellen. Maar dan wil ik wel mee-eten!'

Ze slaan de Broederweg in. Splinter kijkt over zijn schouder, steekt schuin de weg over en bonkt de stoep op. Matthijs grijpt naar zijn hoofd.

'Oeps, sorry!' zegt Splinter, terwijl hij zijn sleutel zoekt.

De vitrage bij buurvrouw Van Zelzaete lijkt heel even te bewegen.

'Misschien kunnen jullie je fiets het beste in de fietsenstalling zet-ten,' zegt Matthijs tegen Tessa en Esgo. 'Dat we daar geen proble-men mee krijgen.'

'Doe niet zo bang, Thijs,' zegt Splinter. 'Zet je fiets maar gewoon tegen de muur, hoor!'

'Nee, we zetten hem wel in de fietsenstalling,' zegt Tessa. 'Geen probleem.'

'Zelf weten,' mompelt Splinter. Hij duwt zijn fiets de gang in en kijkt om. 'Kom je nog binnen, of hoe zit dat?'
Matthijs knikt. Hij gaat naar binnen en sjokt de trap op. Zijn hoofd dreunt bij elke tree. Zonet, toen hij in de polikliniek was, ging het wel. Maar de pijn wordt nu weer erger. Hij duwt zijn kamerdeur open, schopt zijn schoenen uit en laat zich languit op bed vallen. Met een zucht doet hij zijn ogen dicht.

'Hé, Matthijs!'
Matthijs doet zijn ogen open en ziet Tessa en Esgo binnenkomen. Esgo heeft een dienblad met glazen limonade bij zich, en Tessa heeft een trommel koekjes meegenomen uit de keuken. 'Zin in iets te drinken?'
Matthijs denkt even na. 'Jawel.' Moeizaam komt hij overeind. Hij zet zijn kussen rechtop tegen de muur en leunt ertegenaan. Esgo geeft hem een glas limonade aan. Hij drinkt het achter elkaar leeg. Wanneer heeft hij eigenlijk voor het laatst gedronken?
'Meer?' vraagt Esgo.
Matthijs knikt. Esgo springt op en rent naar beneden. Tessa gaapt en zakt onderuit op haar stoel. Ze rekt zich uit. 'Ik ben moe, man!' zegt ze. 'Ik ben op school een paar keer bijna in slaap gevallen. Ik ga vanavond meteen na het eten naar bed.'
'Heeft je moeder nog wat gemerkt?'
Tessa aarzelt. Ze gaat wat meer rechtop zitten. 'Nou, ze heeft niet gemerkt dat ik weggeweest ben. Maar ik ben nogal stom geweest. Ik was zo moe toen ik thuiskwam, dat ik vergeten ben mijn pyjama weer aan te trekken. Ik ben met mijn kleren aan in slaap gevallen, boven op het dekbed. En vanmorgen, toen mijn moeder me wakker maakte, vroeg ze hoe het kon dat ik in slaap was gevallen met mijn pyjama aan, en de volgende morgen wakker werd met smerige kleren aan. Of ik soms geslaapwandeld had.'
'En toen?'
'Toen heb ik het maar verteld.'
'Wát? Heb je het verteld?'

Tessa haalt haar schouders op. 'Ik moest het toch uitleggen! Ik dacht, straks stuurt ze mij nog naar de dokter omdat ze denkt dat ik echt heb geslaapwandeld. En trouwens, mijn moeder is best tof. Die vertelt echt niks door.'

'Was ze boos?'

'Tuurlijk. Ze zei dat het levensgevaarlijk was en dat er ik weet niet wat had kunnen gebeuren, en dat ik een maand geen zakgeld krijg en zo.' Er trekt een glimlach over Tessa's gezicht. 'Maar ze vond het wel heel zielig van Pineut, en ze is blij dat we hem gered hebben, ook al hadden we het natuurlijk nooit midden in de nacht mogen doen, zei ze.'

De bel gaat.

'Daar zul je meester hebben!' grinnikt Esgo.

'Nee, hè?' kreunt Matthijs. 'Echt?' Hij hoort voetstappen in de gang, de voordeur die opengetrokken wordt. Een zware mannenstem, Splinter die iets terugzegt. De deur gaat weer dicht, en de stemmen komen de gang in, en worden dan weer zachter.

'Dat is niet de stem van meester,' zegt Tessa.

Matthijs doet zijn ogen dicht. Van wie is die stem? Iemand van zijn vaders werk? Nu hoort hij Splinter praten. Heeft hij het nu over een paard? Matthijs voelt zich helemaal koud worden. Zijn hart begint razendsnel te kloppen. Wie is dit? Iemand van het slachthuis? Zijn ze ontdekt?

Tessa sluipt naar het raam en kijkt naar beneden. Dan draait ze zich met een wit gezicht om. 'Ik kan ze niet zien, door die boom,' fluistert ze. 'Maar volgens mij zijn het twee politieagenten!'

20. Yoghurt met knoflook

'Zal ik even gaan kijken?' vraagt Esgo. Zonder op antwoord te wachten, doet hij het raam zo ver mogelijk open en klimt naar buiten.

'Pas op dat ze je niet zien!' sist Tessa.

Esgo werpt haar een beledigde blik toe en verdwijnt tussen de bladeren. Matthijs komt half overeind. Zou het echt politie zijn? Zie je wel! Hij heeft het zich niet verbeeld, gisternacht. Buurvrouw Van Zelzaete heeft hen bespioneerd.

Tessa staat bij het open raam. Zenuwachtig bijt ze op haar nagels. 'Als het de politie is...' mompelt ze.

Daar komt Esgo's hoofd alweer tevoorschijn. Hij trekt zichzelf omhoog, slaat zijn been over het raamkozijn heen en springt op de vloer.

'Yep!' zegt hij vrolijk. 'Twee politiemannen! Jullie zijn erbij!'

'Ik wist het!' zegt Tessa. Ze klemt haar tanden op elkaar en balt haar vuisten. 'Ik wist het, ik wist het, ik wist het!' Ze begint heen en weer te lopen en duwt haar wijsvingers tegen haar slapen.

'Ik moet nadenken,' zegt ze. 'Wat moeten we doen?' Ze blijft staan en kijkt naar Esgo. 'Esgo! Help me nou! Wat moeten we doen?'

'Nou,' zegt Esgo, terwijl hij zich naast Matthijs op het bed laat zakken, 'als je nog even wat limonade van beneden kunt halen...'

Tessa klakt geërgerd met haar tong en richt zich tot Matthijs. 'We moeten hier weg,' zegt ze. 'Straks komen ze naar boven. Kom op, Matthijs! Snel! Je bed uit!'

Matthijs kreunt. Met een diepe zucht gaat hij op de rand van zijn bed zitten.

Esgo geeft hem een duw zodat hij weer achterovervalt, zijn hoofd tegen de muur. 'Ben je gek, man!' zegt hij. 'Blijf liggen. Je hebt een hersenschudding, hoor, als je het nog niet wist!'

'Au!' zegt Matthijs. Hij wrijft over zijn achterhoofd. 'Nou, bedankt dat je me eraan herinnert. Ik was het bijna vergeten.'

'Oeps, sorry.'

Tessa ontploft bijna van ongeduld. 'Schiet op, Matthijs! We moeten wegwezen, voor ze ons gaan zoeken! Snel, Esgo, ga naar beneden. Jij moet kijken of de kust veilig is.'

Esgo is heel even stil. Dan kijkt hij Tessa vastberaden aan. 'Nee. Ik doe het niet. Als jij weg wilt rennen, moet je het zelf maar weten. Ik ga je niet helpen. Doe toch normaal! Jullie hebben toch niks verkeerds gedaan? Als jullie nu weg gaan rennen, maken jullie jezelf alleen maar verdacht.'

Matthijs kijkt van de een naar de ander. Hij aarzelt. Hij wil Tessa niet afvallen. Maar Esgo heeft eigenlijk wel gelijk. En bovendien – hoe hij er ook tegenop ziet om de politie onder ogen te komen, het lijkt hem nog erger om weer op te moeten staan. Hij kijkt Tessa verontschuldigend aan. 'Sorry, Tess. Ik denk dat ik maar blijf liggen.'

Tessa bijt op haar lip. Ze kijkt om zich heen. 'In de kast dan. Ga in de kast zitten. Of ga onder je bed liggen!'

'Ga jij maar onder mijn bed liggen,' zegt Matthijs. 'Dat ga ik niet doen hoor. Veel te vies daar. Ik lig hier prima.'

Beneden slaat een deur met een klap dicht. Snelle voetstappen komen de trap op. Matthijs en Esgo kijken elkaar aan. Nog voor Matthijs iets kan zeggen, komt Splinter de kamer binnenvallen. 'Zo,' zegt hij met een grijns op zijn gezicht. 'Je bent weer een punt gestegen op de ranglijst, Matthijs. Straks haal je mij nog in.'

'Waar heb je het over?' zegt Tessa, haar handen in haar zij.

'Onze ranglijst met heldendaden!' legt Splinter uit. 'Joost en ik hebben nog nooit de politie aan de deur gehad. Vet, man!'

'Dus het was echt de politie?' zegt Matthijs.

'Ja, dat zei ik toch!' zegt Esgo.

'En wat zeiden ze?' vraagt Matthijs.

Splinter haalt zijn schouders op, schuift een stapel kleren van een stoel en gaat zitten. 'O, niks. Of we een paard in de tuin hadden staan. Omdat de buren geklaagd hadden over de stank.'

'En wat heb je gezegd?' vraagt Matthijs.

'Ik heb gezegd dat ze maar even moesten komen kijken, en toen zijn we naar de tuin gegaan, en ik zei: 'Kijk, ík zie hier geen paard staan, maar dat is misschien wel heel persoonlijk, misschien dat u er anders over denkt.' Maar zij zagen ook geen paard staan, en toen hebben we nog even over voetbal gepraat, want die ene agent is de vader van Roelof, en die zit bij mij in het team, en toen zijn ze weer weggegaan, maar ze zeiden dat we misschien toch maar beter die paardenpoep op konden opruimen.'

'Wát?' Met grote ogen kijkt Tessa naar Splinter. 'Zeiden ze dat?'

'Ja.' Splinter haalt zijn schouders op. 'Nou ja, daar kon je ook moeilijk overheen kijken, zeg.'

'Maar verder zeiden ze niets?' roept Tessa. 'Ze hadden door dat er een paard gestaan had, en ze zeiden verder niks?'

'Nee.'

'Zie je nou wel?' zegt Esgo. 'Niks aan de hand. Ik zei het toch! Kom op, Tess. We gaan. Volgens mij moet Matthijs slapen.' Hij staat op en knipoogt naar Matthijs. 'Zolang Tessa in de buurt is, heb je geen enkele kans om over die hersenschudding heen te komen.'

'Moet jij nodig zeggen,' zegt Tessa. 'Jij gooit hem gewoon met zijn kop tegen de muur aan.'

Esgo grinnikt. 'Ach, je kent me, Matthijs,' zegt hij. 'Ik wou je alleen maar een plezier doen. Ik dacht, een lichte hersenschudding, wat heb je daar nou aan! Met een zware hersenschudding hoef je veel langer niet naar school! Hé, gaat het nog door, morgenavond?'

'Morgenavond?' Matthijs fronst.

'De vergadering!'

Matthijs moet even diep nadenken. Vergadering? Ineens weet hij het weer. De vergadering over de bazaar! Nee! Hij trekt een gezicht. Het idee om de hele klas aan zijn bed te hebben, spreekt hem op dit moment nog niet echt aan.

'Anders kan het wel bij mij thuis,' zegt Esgo. 'Ik bel je nog wel. Hé, tot ziens hè!'

Matthijs steekt zijn wijsvinger op. 'Doei.'

Esgo trekt de deur zachtjes achter zich dicht. Matthijs draait zich op zijn zij en sluit zijn ogen. Hij hoort een paar kinderen die in de tuin aan het spelen zijn. Een buurmeisje dat viool aan het oefenen is. Een vink die ertegenin probeert te fluiten. De torenklok slaat halfvijf. Hij geeuwt en voelt zichzelf langzaam in slaap zakken. Eindelijk rust.

'Hé, Thijssie!'
Matthijs schrikt wakker en spert zijn ogen open. Splinter komt binnen met borden en bestek. 'Honger?'
Matthijs gaapt. 'Nee. Niet echt.'
'We komen bij jou op de kamer eten. Gezellig, hè?'
Matthijs zucht. Hij wil maar één ding. Slapen. Zodat hij dat gedreun in zijn hoofd niet voelt. 'Héél gezellig,' mompelt hij.
'Macaroni,' zegt Joost, die met een grote pan en een fles ketchup de kamer binnenkomt. Hij schopt een paar shirts onder het bed, zet de pan op de grond en tilt het deksel op. 'Ik hoop dat je flinke honger hebt, Matthijs, want ik ben een beetje uitgeschoten met het pak macaroni. Hoeveel scheppen?'
'Een half schepje.'
'Een half schepje? Hallo zeg! Dat kan niet hoor! Heb ik mezelf daarvoor in het zweet staan koken? Hier, drie scheppen. Alsjeblieft.'
Matthijs pakt het bord met een vies gezicht aan. Beneden gaat de telefoon. Joost springt op en rent de kamer uit, de trap af. Snel laat Matthijs zich uit bed rollen. Hij gooit het grootste deel van de macaroni terug in de pan. Net voordat Joost de kamer inkomt, stapt hij weer in bed. 'Ja, mam,' zegt Joost. 'Natuurlijk! Nee, echt. Alles gaat goed. Macaroni. Mijn specialiteit! Matthijs heeft zijn halve bord al op! Wat? Tuurlijk wil hij je spreken. Hij mist je verschrikkelijk. 's Nachts huilt hij de ogen uit zijn kop. Splinter en ik kunnen hem bijna niet stil krijgen. Komt-ie!'
Matthijs rolt met zijn ogen als Joost hem de telefoon aangeeft. 'Ha, mam!' zegt hij zo vrolijk mogelijk.
'Ha Matthijs!' hoort hij zijn moeder zeggen. 'Alles goed daar?'

'Eh...' Wat moet hij daar nu op zeggen? Alles goed? Maar nog voor hij antwoord kan geven, ratelt zijn moeder alweer verder. 'Het is zo heerlijk hier! We zijn vandaag met de brommer naar een museum geweest, Matthijs. Wel dertig kilometer ver. Je vader is niet meer van die brommer af te slaan. Nooit geweten dat hij het in zich had. We gaan zo naar een restaurant. Als we terug zijn, ga ik een keer echt Grieks voor jullie koken! Druivenbladeren met gehakt erin. En tsatsiki, dat is geraspte komkommer met yoghurt en knoflook. Heel lekker.'

'Wauw,' zegt Matthijs. Hij trekt een vies gezicht en steekt zijn vinger in zijn mond alsof hij bij voorbaat al moet overgeven. Joost en Splinter grinniken.

'Oké, papa zegt dat ik moet stoppen. Zeg, je let toch wel een beetje op die broers van je, hè! Dat ze niet van die rare streken uithalen!'

Een grijns trekt over Matthijs' gezicht. 'Nee, hoor mam. Ik houd ze in de gaten. Ze hebben geen schijn van kans om iets uit te halen.'

'Oké. Tot ziens!'

'Doei!'

'En?' zegt Splinter nieuwsgierig. 'Wat zei mama?'

'O,' zegt Matthijs, 'ze wil als ze terugkomt en toetje maken van yoghurt en knoflook. Ze zegt dat dat lekker is. En papa wil je brommer inpikken, want hij is helemaal verslaafd geraakt.' Hij wrijft in zijn ogen. 'Wat zei ze nou verder nog? O ja!' Hij lacht. 'Ze vroeg of ik jullie een beetje in de gaten wilde houden. Ze vertrouwt jullie voor geen cent.'

21. Ter plekke afgemaakt

Als Matthijs wakker wordt, is het al bijna middag. Naast zijn bed staat een pot thee en een bord met vier dikke boterhammen. Voorzichtig komt hij overeind. Hij voelt zich beter, merkt hij tot zijn verbazing. Zijn hoofd doet niet meer zo'n pijn. En hij heeft verschrikkelijke honger en dorst. Hij schenkt een beker koude thee voor zichzelf in en zet zijn tanden in een uitgedroogde boterham met pindakaas. Pas dan ziet hij het briefje dat op zijn bureau ligt.

Zijn naar school, ong. halftwee thuis (of later).

J+S

ps briefje van je liefje

Briefje van je liefje? Matthijs kauwt op zijn stuk brood en fronst zijn wenkbrauwen. Waar slaat dat nou weer op? Wat voor liefje? Ineens valt zijn oog op een envelop die naast zijn kussen ligt. Hij scheurt hem open. Er zit een opgevouwen stuk krant in. En een klein roze briefje in een kriebelig handschrift. Aha! Dat bedoelden ze!
Hij zal Joost en Splinter toch nog eens duidelijk moeten maken dat Tessa absoluut niet zijn liefje is. Op de een of andere manier lijkt dat maar niet tot ze door te dringen.

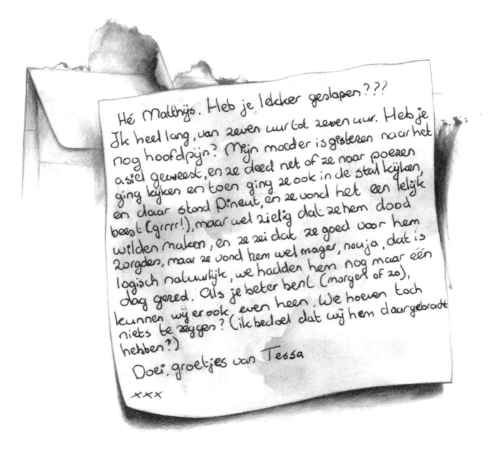

Hé Matthijs. Heb je lekker geslapen???
Ik heel lang, van zeven uur tot zeven uur. Heb je
nog hoofdpijn? Mijn moeder is gisteren naar het
asiel geweest, en ze deed net of ze naar poezen
ging kijken en toen ging ze ook in de stal kijken,
en daar stond Pineut, en ze vond het een lelijk
beest (grrrr!), maar wel zielig dat ze hem dood
wilden maken, en ze zei dat ze goed voor hem
zorgden, maar ze vond hem wel mager, nou ja, dat is
logisch natuurlijk, we hadden hem nog maar één
dag gered. Als je beter bent (morgen of zo),
kunnen wij er ook even heen. We hoeven toch
niets te zeggen? (Ik bedoel dat wij hem daargebracht
hebben?)
     Doei, groetjes van Tessa
xxx

Matthijs vouwt de krantenpagina open. Zijn hart begint sneller te
kloppen als hij het kleine berichtje onder aan de bladzijde ziet,
dat met rode stift omcirkeld is.

*Uit het slachthuis aan de Noordweg zijn gisterochtend twee koeien
ontsnapt. Later op de ochtend zijn ze door vissers teruggevonden
bij de IJssel, waar ze ter plekke afgemaakt moesten worden.*

Niets over een paard dat ontsnapt is. Matthijs neemt nog een hap
en kauwt langzaam. Dat is vreemd. Waarom staat er niet dat er
ook een paard is losgebroken? Hij leest het bericht nog een keer.

...waar ze ter plekke afgemaakt moesten worden. Ondanks de warmte die in de kamer hangt, staat het kippenvel ineens op zijn armen. Stel je voor dat ze Pineut hadden gevonden...

Hij schudt de gedachte van zich af en staat op. Eerst maar eens douchen en aankleden. Misschien kan hij wel gaan computeren, straks. Kijken of er iemand van zijn klas on line is. Je weet maar nooit. Soms meldt hij zich tijdens het computeren op school ook stiekem aan bij Messenger. Niet om te chatten natuurlijk. Maar gewoon, om te weten of er iemand on line is.

Als zich gedoucht heeft, merkt hij tot zijn ergernis dat hij zich toch nog niet zo goed voelt als hij dacht. De hoofdpijn komt weer opzetten, en hij is nog steeds vreemd moe. Met een zwaar gevoel in zijn benen loopt hij terug naar zijn slaapkamer en laat zich op zijn buik in bed vallen.

Echt balen, zo'n hersenschudding. Je kunt helemaal niks doen, alleen maar liggen. En als zijn moeder nou nog thuis zou zijn... Die komt tenminste altijd gezellig bij hem zitten als hij griep heeft, en ze legt haar hand op zijn voorhoofd en vraagt hoe hij zich voelt. En ze brengt hem lekkere dingen. Vla met roosvicee, een geroosterde witte boterham, beschuit met geraspte appel, uitgeperste sinaasappels... Geen pot koude, zwarte thee of uitgedroogde boterhammen met pindakaas.

Maar ja, zijn moeder zit lekker op een of ander Grieks eiland en ze wéét niet eens dat hij een hersenschudding heeft. En hij moet het doen met Joost en Splinter, die wel wat beters te doen hebben dan aan zijn bed te komen zitten en zijn hand vast te houden. Niet dat hij daar op zit te wachten. Matthijs zucht. Hij zou bijna medelijden met zichzelf krijgen. Belachelijk natuurlijk.

'Matthijs?' De voordeur slaat dicht, en snelle voetstappen komen de trap op. Splinter komt de kamer binnen. 'O, sorry!' zegt hij verschrikt. 'Slaap je?'

Matthijs tilt zijn hoofd op. 'Nee. Wat ben je vroeg thuis.'

'Vijfde uur uit. Hier.'

Een grote zak spekkies valt naast het kussen neer. 'Voor mij?' vraagt Matthijs verbaasd.

Splinter klakt geërgerd met zijn tong. 'Zie je iemand anders hier, dan? Natuurlijk is dat voor jou.'

'Tjonge! Bedankt!' Matthijs gaat overeind zitten en kijkt naar Splinter, die zijn rugzak op de grond laat vallen en zijn hand door zijn halflange haar haalt. 'Wat aardig!'

'Och, ja, je kent me,' zegt Splinter bescheiden. 'Altijd even aardig. Hé, mag ik er ook een paar of hoe zit dat?'

Matthijs trekt de zak open en steekt twee spekkies in zijn mond. Dan gooit hij de zak door naar Splinter. Hij mist op een meter, en de spekkies vallen uit de zak in een berg vieze kleren.

'Matthijs!' zegt Splinter afkeurend, terwijl hij de spekkies opraapt en terug propt in de zak. 'Je gooit als een meid!'

'O ja?' zegt Matthijs. Hij komt overeind, pakt zijn kussen en gooit het met volle kracht tegen Splinters hoofd. 'Vind je?' Hij kijkt zoekend rond, ontdekt zijn oude Ajax-kussen en gooit het erachteraan. 'Als een meid, zei je?'

'Au!' Splinter houdt zijn handen beschermend voor zijn hoofd. 'Stop! Nee! Ik neem het terug! Je gooit als een echte vent. Hoe voel je je?'

'Gaat wel.'

'Mooi.' Splinter staat op en pakt het bord met boterhammen en de theepot. 'Hé!' zegt hij dan verbaasd. 'Waarom heb je die heerlijke boterhammen die ik zo ontzettend aardig voor je gemaakt heb niet opgegeten? En die thee! Je hebt bijna niks gedronken, man! Hallo zeg! Ik zal je nog eens ontbijt op bed brengen.'

'Dat kan ik toch niet helpen!' zegt Matthijs. 'Ik ben nog maar net wakker. Het was eh... heel erg aardig. Ik houd alleen niet van pindakaas.'

'O,' zegt Splinter. Hij brengt het bord naar zijn gezicht toe en ruikt aan bovenste boterham, waarvan de rand al omgekruld is. Met een vies gezicht kijkt hij op. 'Ik eigenlijk ook niet. Wil je wat anders?'

Matthijs aarzelt even. 'Is er vla?'

'Ik zal even kijken. Anders haal ik wel ijs voor je.'

'Wauw! Bedankt!'

'Nou, je hoeft echt niet zo verbaasd te doen, hoor. Je doet net of ik anders nooit wat aardigs doe. Heb je dat briefje van je liefje nog gelezen?'

'Ze is mijn liefje niet!' stuift Matthijs op. 'Hoe vaak moet ik dat nou nog zeggen!'

'O nee?' grinnikt Splinter. 'Wat is ze dan?'

'Niks! Ze is gewoon...' Hij denkt na. Hoe moet hij dat nu uitleggen? 'Nou ja, ze is gewoon een soort jongen. Het is een meisje, maar eigenlijk lijkt ze meer op een jongen. Snap je?'

'Nee,' zegt Splinter. 'Ik snap er niets van. Maar ík ben dan ook niet op mijn achterhoofd gevallen.'

22. Nog erger dan een hersenschudding

De volgende dagen brengt Matthijs door in bed. Hij slaapt veel, en als hij wakker is, speelt hij spelletjes op de gameboy die hij bij wijze van grote gunst van Splinter te leen gekregen heeft. Langzaam wordt de hoofdpijn minder en gaat hij zich wat beter voelen. De zwelling in zijn hand is verdwenen, en de rode striemen beginnen te vervagen.

Op woensdagmiddag, als hij net weer even in slaap is gevallen, wordt er op de deur geklopt. Matthijs is nog maar half wakker als hij meester ziet binnenstappen, samen met Eline en Patrick. Hij knijpt zijn ogen stijf dicht. Dit is een droom. Nee, een nachtmerrie. Als hij zijn ogen opendoet, is meester weer verdwenen.

'Zo, Matthijs,' zegt meester. 'En, hoe is het met de patiënt?'

Matthijs doet zijn ogen open. Meester staat er nog steeds. Hij kreunt onhoorbaar. Dat hij dit moet beleven, zijn meester op bezoek! Hij had het kunnen weten. Tessa had het toch gezegd? Hij had natuurlijk op moeten ruimen. Al die vieze shirts en sokken die op de vloer rondzwerven... zijn onafgemaakte huiswerk dat half onder een stapel Donald Ducks vandaan steekt... een half opgegeten boterham op zijn nachtkastje... Kon hij het dekbed maar over zijn hoofd trekken en in het niets verdwijnen. Als meester die vieze sok maar niet ontdekt, die daar vlak bij de deur ligt.

'Mag ik hier gaan zitten?' vraagt meester, terwijl hij wat kleren van een stoel afhaalt en netjes over de leuning van de bureaustoel hangt.

'Eh... tuurlijk.'

'Kijk,' zegt Eline, die nu dichterbij komt. 'We hebben wat voor je meegenomen.' Ze zet een grote doos op het bed. 'Van de hele klas. Iedereen heeft er wat ingedaan.'

'Mag ik hem openmaken?' vraagt Matthijs, terwijl hij overeind komt.

'Ja, natuurlijk!' zegt Patrick. 'Zal ik helpen?'

'Graag,' zegt Matthijs dankbaar. Samen met Patrick maakt hij de doos open. Een grijns trekt over zijn gezicht als hij ziet wat erin zit. Wel vijf zakken patat, een pot mayonaise, een blik appelmoes, dozen frikadellen, kroketten en hamburgers. En een verlepte krop sla.

'Je moet het gauw in de diepvries doen,' zegt Eline. 'Anders kun je het straks weggooien. Het is zo warm nu.'

Patrick haalt de krop sla uit de doos. De blaadjes zakken treurig naar beneden. 'Van Tessa,' zegt hij.

Matthijs lacht. 'Dat dacht ik wel. Willen jullie wat drinken?'

'Nee hoor,' zegt meester. 'Dat hoeft niet. We komen alleen even kijken hoe het ermee is. Tessa en Esgo houden ons goed op de hoogte, maar ik wou toch ook nog maar even zelf langskomen. Je ouders zijn ook al weg, hoorde ik.'

'Ja, maar mijn broers zorgen goed voor me, hoor,' zegt Matthijs snel. 'En het is helemaal niet erg. Alleen maar een lichte hersenschudding. Over een paar dagen kan ik weer naar school, denk ik. Is eh... is Tessa nu kauwgom van de banken aan het krabben?'

Meester kucht. 'Je bedoelt jullie strafcorvee? Nou, we hebben dat voor deze keer maar laten zitten. Ze heeft het al druk genoeg met jou, heb ik begrepen.'

Patrick grinnikt, en Matthijs voelt dat hij een kleur krijgt. Eline perst haar lippen op elkaar. Ze loopt naar het raam en kijkt naar buiten. 'Hé, je kunt hiervandaan de torenklok zien,' zegt ze. 'O, het is al bijna kwart voor vier. Ik moet weg.'

'Wij gaan ook,' zegt meester. Hij legt zijn hand op Matthijs' schouder. 'Beterschap, joh. Goed uitzieken voor je weer naar school komt. Doe nog maar even rustig aan.'

'Oké,' zegt Matthijs. 'En bedankt voor eh... voor al die patat en zo.'

'We zullen het doorgeven,' zegt meester. 'Kom op, Patrick en

Eline. Gaan jullie mee? O ja, en we zijn allemaal erg trots op je, Matthijs. Dat je samen met Tessa dat paard van de dood gered hebt. Klasse!' Hij steekt zijn duim op.

Matthijs knippert met zijn ogen. Hoe kan dit? Hoe is het mogelijk dat meester over Pineut gehoord heeft! Ze zouden het geheimhouden! Hij wil wat terugzeggen, maar meester en de anderen zijn de kamer al uit. Met een zucht laat hij zich achterovervallen.

'Hoi Matthijs!' klinkt de vrolijke stem van Tessa.

Matthijs komt half overeind en kijkt naar Tessa en Esgo, die aan het begin van de avond de slaapkamer binnenkomen. 'Jullie hebben het verteld!' zegt hij boos. 'Meester weet het!'

Tessa kijkt schuldbewust. 'Eh... ja. We hebben het verteld.'

'Het kon niet anders,' zegt Esgo. 'We moesten wel.'

'We moesten toestemming hebben voor die bazaar,' legt Tessa uit. 'Dus we hebben het aan meester gevraagd, en we zeiden dat het voor een goed doel was, en hij wou weten wat voor doel het was, en ik zei natuurlijk: nee, dat zeg ik niet, want het is geheim...'

'En toen zei meester dat het dan niet doorging,' vult Esgo aan.

Tessa steekt haar handen in de lucht. 'Dus toen moesten we het wel vertellen. Maar meester heeft beloofd om het geheim te houden. Eerlijk.'

Matthijs knikt. 'Oké.'

'Ik vond het ook niet leuk hoor,' zegt Tessa. 'Ik wou ook veel liever dat niemand ervan afwist.'

'Geeft niet,' zegt Matthijs. 'Meester is best oké.'

'Ja,' zegt Esgo. 'Hij vertelt echt niks verder. Hé, weet je waar we geweest zijn?'

Matthijs schudt zijn hoofd. 'Nee?'

'Naar het opvangcentrum.'

'Ja, en Nancy zei dat we hem mochten borstelen,' vertelt Tessa.

'Wie is Nancy?' vraagt Matthijs.

'O, die mevrouw van de dierenopvang. Die werkt daar. Samen met Geesje.'

'Je hebt haar toch niet verteld...'

'Tuurlijk niet. Ik vroeg gewoon of ik naar de dieren mocht kijken. En dat mocht. Nou, en toen zijn we Pineut gaan zoeken. Hij staat in een stal. Hij eet de hele dag door, zeggen ze. Ze zijn echt heel aardig, daar.'

'Ja hoor, ontzettend aardig!' zegt Esgo. Hij draait met zijn ogen. 'We mochten zelfs de stal uitmesten. Alsof wij thuis niet een stal vol koeienpoep hebben.'

'Jullie wel, maar wij niet,' zegt Tessa. 'En trouwens, koeienpoep stinkt. Paardenpoep niet.' Ze grijpt Matthijs bij zijn arm. 'O, weet je, ik heb een heel lief hondje gezien daar. Ik ga aan mijn moeder vragen of ik hem voor mijn verjaardag mag. Weet je wel, met van dat lange haar. Ze hebben er een strikje in gedaan, anders valt het in zijn ogen. Hé, wanneer ga je mee?'

Matthijs trekt zijn arm los en stopt hem snel achter zijn rug. Hij leunt nonchalant achteruit, alsof het bijzonder prettig zit zo, met zijn beide armen achter zijn rug gepropt en zegt niet-begrijpend: 'Eh... mee?'

'Ja, naar het opvangcentrum.'

Hij vangt Esgo's vermoeide blik op en grinnikt. 'Eh... als ik kan rondlopen zonder hoofdpijn?'

'En wanneer is dat?'

'Ja, dat weet ik niet hoor. Hé, hoe was de vergadering gister-avond?'

'Vet cool! O ja! Wacht even!' Tessa zoekt in haar tas en haalt een dikke stapel papier tevoorschijn. Het bovenste blad geeft ze aan Matthijs. 'Kijk wat we gemaakt hebben! Iedereen heeft er twee-honderd mee. We gaan ze door de hele stad bezorgen.'

Zaterdag 4 juni. Basisschool De Cypres. Om tien uur.
BAZAAR!!!! Komt allen!!!!!!
Grote veiling van De Lelijkste Spullen Die U Ooit Zag.
Lelijker bestaat NIET.
Patat. Cakes. Wafels. Drinken. Bloemen Te Koop!! En stekjes.

Rommelmarkt (lever uw spullen in bij Eline, Toendra 13).
Wedstrijd Wie De Beste Dik Trom Is!! (Achterstevoren op een koe
rijden).
Voorstelling door de enige echte Kamper Playbackband!!!
De hele opbrengst gaat naar een goed doel. Dat nog geheim
is.

'Veiling?' zegt Matthijs, terwijl hij het papier weer teruggeeft.
'Ja!' zegt Tessa enthousiast. 'Iedereen gaat het lelijkste ding dat hij
heeft verkopen. Lachen man! Ik heb nog een ouwe barbie waar ik
het haar van afgeknipt had en een snor op had getekend om er
een Ken van te maken. Toen ik vijf was. Die ga ik laten veilen. En
Eline heeft zo'n schilderij van een zielig klein jongetje met een
traan, echt afschuwelijk. Mijn moeder wordt veilingmeester. Heb
jij nog wat? Hé, dat Ajax-kussentje!'
Matthijs grist het snel uit haar handen en klemt het tegen zijn buik
aan. 'Nee! Niet mijn Ajax-kussen!'
'Dat is toch niet lelijk!' zegt Esgo verontwaardigd tegen Tessa.
'Precies!' zegt Matthijs. 'Hartstikke mooi juist. Hé! Stop!' Hij springt
uit bed en gaat met uitgespreide armen voor de Ajax-vlag staan
die Tessa juist van de muur af wil trekken. 'Hier blijf je ook af!
Mijn Ajax-vlag!'
Esgo schudt zijn hoofd. 'Meiden. Geen gevoel voor wat mooi of
lelijk is.'
Tessa zet haar handen in haar zij. 'Nou, wat dan, hè? Of heb je
soms niks lelijks?'
Matthijs gaat weer op zijn bed zitten. Hij wrijft met zijn hand over
zijn pijnlijke hoofd. Hij kan beter niet meer zo snel uit bed springen. Niet echt slim als je een hersenschudding hebt.
Zoekend kijkt hij door de kamer. Iets lelijks... hij heeft genoeg
lelijke dingen hier. Maar eigenlijk kan hij niets ervan missen. Zijn
eerste, afgetrapte paar voetbalschoenen niet. De oude raceauto
die hij voor zijn vierde verjaardag kreeg niet. Zijn afgekloven tijger niet. Niets eigenlijk. Hoewel... 'O, daar! Mijn oude A-diploma!'

Tessa snuift. 'Je denkt toch niet dat iemand daarop gaat bieden?'

'Is dit niks?' zegt Esgo. Hij tilt een oranje pennenbakje van het bureau, haalt de pennen eruit en blaast erin. Een wolk stof komt in zijn gezicht terecht. Als hij het pennenbakje omkeert, valt er een verdroogd stukje kauwgom uit en iets wat ooit een klokhuis geweest moet zijn. 'Dit is wel behoorlijk lelijk,' zegt hij. 'En het is nog vies ook.'

'Het is nog van mijn vader geweest,' zegt Matthijs weifelend. Dan haalt hij zijn schouders op. 'Nou ja, oké. Neem maar mee.'

'Hèhè,' zegt Tessa. 'Was dat nou zo moeilijk? Hé, Esgo, zullen we gaan? We moeten nog vierhonderd folders bezorgen. Matthijs, ga snel slapen. Je móét zaterdag beter zijn!'

23. De bazaar

De torenklok slaat negen keer. Matthijs knippert met zijn ogen tegen het felle licht dat langs de gordijnen de kamer binnen kiert. Negen uur al? Dat betekent dat hij meer dan twaalf uur geslapen heeft. Door het open raam dringen de stadsgeluiden naar binnen. Auto's die langzaam door de straat rijden, op zoek naar een parkeerplek. Lachende en pratende mensen die voorbij- komen op de fiets. Het carillon dat begint te spelen.

Ineens dringt het tot hem door. Het is zaterdag. De bazaar! Over een uur begint de bazaar! Hij schiet overeind en springt zijn bed uit. Hij is veel te laat. Tessa en Esgo hebben wel gezegd dat hij niet zo vroeg hoefde te komen, maar hij was vast van plan om acht uur op school te zijn om mee te helpen. Balen. Nou ja, in elk geval heeft hij geen hoofdpijn vandaag. Mooi. Gisteren ging het ook al goed. Hij is de hele middag op geweest en heeft zelfs zijn kamer opgeruimd. Vanaf vandaag heeft hij geen hersenschudding meer. Vier dagen rust moet genoeg zijn.

Hij zoekt een halflange spijkerbroek, een shirt en schone sokken en verdwijnt in de badkamer. Hij staat net een paar minuten onder de douche als er op de deur gebonkt wordt. 'Thijs! Kom d'r uit!'

Splinter? 'Ja, hallo!' roept hij terug, terwijl hij met dichtgeknepen ogen de shampoo uit zijn haar probeert te spoelen. 'Ga maar beneden naar de wc als je zo nodig moet!'

'Ik moet niet nodig, dombo! Ik wil de badkamer schoonmaken. Ben je soms vergeten dat papa en mama straks terugkomen?'

'Wát?' Dat is waar ook! Vader en moeder komen terug vandaag! Vanmorgen zouden Joost, Splinter en hij samen het hele huis stof- zuigen, de was doen en de badkamer en de keuken schoonma- ken... Snel draait hij de kraan dicht, droogt zich af en trekt zijn broek aan. Splinter rammelt ongeduldig aan de deur.

'Doe je nou nog open of niet?'

'Jaha!' Hinkend op een been draait Matthijs het slot open. Splinter valt bijna de badkamer in, een emmer en een schuursponsje in zijn hand. 'Je lijkt wel een meisje,' moppert hij. 'Zo lang onder de douche staan.' Hij trekt een fles schoonmaakmiddel uit de kast, spuit een flinke scheut in het bad en begint te schrobben.

'Moet jij nodig zeggen,' zegt Matthijs, terwijl hij zijn natte been in zijn andere broekspijp probeert te krijgen en daarna zijn shirt over zijn hoofd trekt. Met zijn vingers kamt hij zijn haar in model. 'Jij staat er altijd wel een kwartier onder. Met je speciale mannenshampoo waarmee je de meisjes aan wilt trekken!'

'Over een paar jaar wil jij ook mannenshampoo!' zegt Splinter.

'Nooit!' zegt Matthijs zelfverzekerd. 'Hé, maar ik was het echt vergeten, dat schoonmaken. Waarom hebben jullie me niet wakker gemaakt?'

Splinter komt overeind, pakt de douchekop van de muur en begint het bad schoon te spoelen 'Tja, ik persoonlijk zou graag een emmer water over je heen gegooid hebben om je wakker te krijgen, natuurlijk. Maar Joost vond dat we je moesten laten slapen.'

Matthijs gaat op een traptree zitten om zijn sokken en sportschoenen aan te doen. 'Hé, het is echt niet dat ik niet wil helpen,' zegt hij. 'Maar die bazaar begint zo.'

'Maakt niet uit. Ga maar. Wij doen het wel.'

'Bedankt!' roept Matthijs, terwijl hij de trap af rent. Hij gaat naar de keuken en maakt twee boterhammen voor zichzelf klaar.

Joost komt binnen met de stofzuiger achter zich aan. 'Hé hé!' roept hij verontwaardigd. 'Niet kruimelen! Ik heb net alles schoongemaakt hier!'

'Oeps, sorry,' zegt Matthijs. Hij kijkt naar het aanrecht, dat voor het eerst in een week helemaal leeg en schoon is. 'O! Nu zie ik het pas! Wat is het hier netjes!'

'Ja, wat dacht je,' zegt Joost. 'We zijn al uren bezig. Maar hoe gaat-ie?'

'Heel goed,' zegt Matthijs met volle mond. 'Ik moet zo naar de bazaar. Sorry dat ik niet mee kan helpen.'

'No problemos. De volgende keer dat er wat gedaan moet worden weet ik je te vinden!'

Matthijs grinnikt. Daar twijfelt hij niet aan. Joost is altijd een meester in het bedenken van smoesjes als er iets moet gebeuren.

Hij trekt de diepvries open en haalt de zakken friet, frikadellen en hamburgers eruit die hij van de klas gekregen heeft. Die kan hij straks aan de vader van Sem geven om te frituren. Hij propt alles in een grote rugzak, slingert hem over zijn schouder en pakt zijn fiets. 'Hé, Joost!' roept hij, terwijl hij de deur opendoet en zijn fiets achteruit naar buiten rijdt. 'Er staan nog paardenvoetstappen op de vloer hier!'

Op dat moment ziet hij buurvrouw Van Zelzaete voorbijlopen, een boodschappenmand op wieltjes achter zich aan trekkend. Ze zegt niets, maar ze kijkt met samengeknepen lippen voor zich uit. Matthijs springt op zijn fiets en rijdt weg, de andere richting uit. Hij trekt een gezicht. Wat is hij toch stom! Wie schreeuwt dat nou over straat! Nou ja... de buurvrouw weet toch allang dat ze een paard in huis hebben gehad.

Het is al kwart voor tien als hij bij school aankomt. Het plein ziet er feestelijk uit. Er klinkt vrolijke muziek, en er hangen overal vlaggetjesslingers en ballonnen. Patrick en Bart zijn een zelfgemaakt spandoek aan het ophangen. Sems vader heeft een partytent opgezet en tilt nu een enorme frituurpan uit de kofferbak van zijn auto. Tegen de muur van de school liggen kleden met speelgoed, puzzels, boeken, gymschoenen en kleren. Tiara zit ertussenin en plakt overal prijsjes op. Een eindje verderop stallen Eline en Hanna jampotjes met bloemen en bakjes met stekjes uit op een tafel.

'Hé, Matthijs!' Tessa komt aanrennen. Ze draagt een korte broek en een hemdje en ziet er opgewonden uit. 'Ben je er eindelijk? Kom snel kijken!' Met een hand veegt ze het lange haar uit haar ogen en trekt Matthijs mee naar een blauwe partytent. 'VEILING OM 12 UUR' staat op het bordje dat ervoor hangt. 'Kijk! Hoe vind je het?'

Matthijs kijkt naar de tafel waar de meest afschuwelijke voorwerpen staan uitgestald. Een wit gipsgebit met uitstekende tanden. Een oude buitenboordbeugel, waarschijnlijk van dezelfde eigenaar. Een kale barbie met een snor. Een spaarvarken met een open buik. Een oranje pennenbakje. Een kapotte schemerlamp. Een asbak van klei met de peuken er nog in. Een gebroken wastafel. Een blote babypop met maar één beentje.

Tessa's moeder, die gebukt naast een doos zit, komt overeind met het schilderij van het huilende jongetje in haar handen. 'Vreselijk,' zegt ze, terwijl ze tevreden naar het schilderij kijkt. 'Dit is het lelijkste wat ik ooit gezien heb. Dit gaat zeker twintig euro opbrengen. Aha! De jongen die mijn dochter ontvoerde in het holst van de nacht. Hoe gaat het met je? Ben je weer opgeknapt?'

Matthijs knikt beschaamd. 'Eh ja. Eh... sorry dat... dat ik... nou ja.' Hulpeloos kijkt hij naar Tessa's moeder op.

Tessa's moeder glimlacht. 'Het is goed hoor. Als jullie maar niet weer zoiets verzinnen. De volgende keer dat er 's nachts een paard gered moet worden, roep je mij er maar bij. Oké?'

'Oké,' zegt Matthijs opgelucht. Tessa trekt hem verder. 'Kijk, dit is de gebakkraam.' Ze wijst naar een tafel met wel vijftien cakes. Hanna's moeder staat ernaast met een grote pan beslag en een wafelijzer. Ze laat net een pollepel beslag op het geribbelde ijzer glijden, en het begint meteen heerlijk te ruiken.

Plotseling wordt Matthijs' aandacht getrokken door een trekker met een aanhangwagen, die de straat in komt rijden en vlak voor het schoolplein stopt. De koe voor de Dik Tromwedstrijd! Esgo en zijn vader springen de trekker uit, en Esgo klimt op de aanhangwagen, maakt de koe los en leidt hem de loopplank af. Een paar meisjes komen aanrennen om de koe te aaien, en Matthijs hoort Patrick en Sem opscheppen over hoe lang ze straks op het beest zullen blijven zitten.

Esgo leidt de koe naar het halfopen fietsenhok en zet hem in de schaduw vast. Zijn vader komt erachteraan met een baal stro en een groot bord, dat hij tegen een fietsenrek aanzet.

KOERIJDEN, NORMAAL 1 euro
KOERIJDEN, ACHTERSTEVOREN 1,50 euro
De winnaar wordt uitgeroepen tot de nieuwe
Dik Trom.

'Cool!' zegt Matthijs met een grijns op zijn gezicht.
'Je wilt toch niet gaan meedoen, hè!' zegt Tessa. 'Straks val je ervanaf en dan heb je een dubbele hersenschudding.'
Geërgerd kijkt Matthijs opzij. 'Doe toch niet altijd alsof je mijn moeder bent! Als ik op een koe wil gaan zitten, dan ga ik op een koe zitten.'
'Heel goed,' zegt Tessa met haar neus in de lucht. 'Doe maar wat je wilt. Dik Trom.'
'Ik zeg niet dat ik het ga doen! Ik zeg alleen maar dat ik zelf wil weten wat ik doe.'
Tessa haalt haar schouders op en loopt zwijgend verder. Dan ineens draait ze zich om naar Matthijs. Ze geeft hem een stoot in zijn zij en zegt enthousiast: 'Hé, heb ik al verteld wat ik ga doen?'
Matthijs schudt zijn hoofd. 'Nee?'
'Ik ga schminken! Kijk, daar! Zal ik jou ook doen?'
'Nee, bedankt.'
'Maar ik heb ook tattoos! Wil je een tattoo?'
Matthijs haalt zijn schouders op. 'Laat maar zien.'
Tessa neemt hem mee naar een tafel in de schaduw. Er liggen schminkspullen en vellen met tattoos. Matthijs laat zich op de tafel zakken en kijkt naar de afbeeldingen.
'Wat dacht je van een hartje?' roept Bram vanaf zijn blikkengooi-kraampje.

Matthijs kijkt hem verachtelijk aan. 'Haha.'

'De hartjes zijn al gereserveerd,' zegt Tessa met een grijns. 'Tiara heeft gevraagd of ik ze voor jullie tweeën wilde bewaren.'

Bram kreunt en slaat zijn hand voor zijn ogen. 'Nee, hè?'

Matthijs grinnikt. 'Doe mij die voetbal maar.'

24. Melkwitte benen

'Welkom, welkom!' roept Tessa door de luidspreker. Haar stem galmt over het schoolplein. Iedereen kijkt op. Het is bijna twaalf uur, en nog steeds komen er nieuwe mensen en kinderen het plein op. Ouders, kinderen van school, meesters en juffen, maar ook onbekende mensen. De cakes zijn al bijna uitverkocht, er lopen tientallen geschminkte kinderen rond, en overal zie je mensen patat en wafels eten. Matthijs, die helpt met het verkopen van frisdrank, weet niet hoeveel bekertjes hij al ingeschonken heeft. Veel, in elk geval. Goed dat het zulk mooi weer is. Iedereen heeft dorst.

'De veiling gaat bijna beginnen!' kondigt Tessa aan. 'Komt dat zien, komt dat zien! Dit is uw kans!'

De mensen stromen nieuwsgierig naar de partytent toe. Tessa geeft de microfoon aan haar moeder, die achter een lessenaar is gaan staan en een leesbrilletje heeft opgezet dat haar ineens twintig jaar ouder en stukken deftiger maakt.

'Van harte welkom allemaal,' zegt ze in de microfoon. 'Dames en heren, de lelijkste voorwerpen die u ooit zag! Zo lelijk dat ze bijna weer mooi zijn. U hebt allemaal ongetwijfeld al iets gezien waar u uw zinnen op gezet hebt. En ik wil beginnen met de vooruitstekende tanden van iemand die liever onbekend wenst te blijven. Is toch zo, Hanna?'

Een gelach gaat op. Matthijs kijkt naar Hanna, die net zo hard staat mee te lachen.

'Goed, ik hoor hier twee euro. Twee euro geboden. Wie biedt er meer dan twee euro?'

'Vijf euro!' roept de vader van Hanna, die aan zijn benen te zien voor het eerst dit jaar een korte broek heeft aangetrokken.

'Vijf euro geboden door de meneer met de witte benen hier vooraan. Wie biedt er meer dan vijf euro?'

'Zes!' roept de moeder van Hanna.

'Zeven!' roept haar vader.

'Zeven euro geboden! Die tanden zijn toch wel meer waard dan zeven euro! Zo scheef zie je ze niet vaak! Kom op, mensen, wie biedt er meer? Niemand? Eenmaal, andermaal... Verkocht voor zeven euro aan de meneer met de melkwitte benen. En dan hebben we hier... hé, die komt me bekend voor. Een prachtige barbie met lichte snorvorming. Een verzamelaarsitem. Wie biedt? Hoor ik daar drie euro?'

'Vier!' roept een meisje.

'Vijf!' roept een man die een grote plastic parkeergarage in zijn ene en een barbiehuis in zijn andere hand heeft.

'Heel goed, vijf euro voor deze prachtige barbie met authentiek kaal hoofd en snor, eenmaal, andermaal... Verkocht voor vijf euro, aan de meneer met de parkeergarage. Veel geluk ermee, meneer!'

Met een grijns op zijn gezicht blijft Matthijs staan kijken hoe het ene na het andere voorwerp verkocht wordt. Tessa's moeder is hier goed in! Hij heeft nooit geweten dat ze zo grappig was. Tessa staat naast haar en geeft haar de voorwerpen aan. Ze zien er allebei uit alsof ze dit heel erg leuk vinden.

'En dan nu het pronkstuk uit onze collectie, dit prachtige schilderij van een jongetje met een traan. Een aanwinst voor elke huiskamer. Eigenlijk zou het in een museum moeten hangen. Kijkt u nou toch, dit is bijna net zo mooi als een echte Rembrandt. Die lichtval, die techniek! Wat een verdriet spreekt er uit die grote, bruine ogen, dames en heren. Wat een droefheid!' Tessa's moeder legt haar hand op haar hart en kijkt treurig voor zich uit. Tessa houdt het schilderij omhoog zodat iedereen het goed kan zien.

'Wie biedt? Hoor ik daar tien euro? Tien euro geboden, wie biedt er meer? Niemand?' Tessa's moeder kijkt streng om zich heen en tikt met haar pen op de lessenaar. 'Kom op zeg, dit is een mooi schilderij! Tandarts Sleurink, is dit niet iets voor in de wachtkamer? Jongetje dat naar de tandarts moet. Zal iedereen aanspreken!

Wat zegt u? Vijftien euro? Heel goed, ik wist wel dat u de schoonheid hiervan in zou zien. Kom op, wie biedt er meer?' Tessa's moeder kijkt om zich heen. 'Niemand? Oké, jongetje dat naar de tandarts moet, verkocht voor vijftien euro aan tandarts Sleurink.' Na een tijdje is de hele tafel leeg. Op één voorwerp na. Het oranje pennenbakje. Matthijs kijkt ernaar. Zal iemand erop bieden? Tessa tilt het bakje van de tafel en houdt het hoog boven haar hoofd.

'Het allerlelijkste stuk hebben we natuurlijk voor het laatst bewaard,' schalt haar moeders stem over het plein. 'Dit typische jaren zeventig pennenbakje. U hebt er allemaal een gehad, vroeger. Wat een nostalgische gevoelens zal dit bij u wakker maken. Dit is dé kans om weer aan zo'n handig pennenbakje te komen. Wie biedt?'

Het blijft stil.

'Kom op, mensen, niet allemaal tegelijk! Laten we inzetten op twee euro. Wie biedt er twee euro!'

Het blijft stil. Matthijs schuift ongemakkelijk met zijn voet over de tegels. Waarom biedt er nou niemand! Wat een afgang!

'Vijf euro!' hoort hij ineens een bekende stem. Stomverbaasd draait hij zich om. Daar staan vader en moeder, helemaal achteraan. Hij dringt zich tussen de mensen door en werkt zich naar hen toe.

'Verkocht voor vijf euro aan de zongebruinde meneer met de pet!' hoort hij Tessa's moeder roepen.

'Hé, jongen!' zegt moeder, terwijl ze haar armen om hem heenslaat en hem op beide wangen kust. 'Wat hoor ik nu allemaal over jou?'

Vader slaat een arm om hem heen. 'Hoe gaat het?'

Matthijs aarzelt. 'Eh...'

'Ja. Stop maar,' zegt moeder. 'We weten alles al.'

Matthijs kijkt met verbaasde ogen naar haar op, alsof hij er geen idee van heeft waar ze over praat. 'Eh... alles?'

'Van het paard tot en met de hersenschudding,' zegt vader.

Matthijs laat zijn schouders zakken. Hij klemt zijn tanden op elkaar en mompelt iets lelijks. Die Joost en Splinter! Niet te vertrouwen.

'We hebben het eruit moeten trekken, hoor,' zegt moeder. 'Kom mee, ik moet even zitten, anders val ik om. We zijn midden in de nacht uit Griekenland vertrokken, dus ik heb nauwelijks geslapen. Papa wel natuurlijk,' ze rolt met haar ogen, 'die slaapt overal.'

Met zijn drieën lopen ze naar een bankje dat net in de schaduw staat. 'Mevrouw Van Zelzaete sprak me aan toen we thuiskwamen,' zegt moeder, terwijl ze gaat zitten. 'Ze had het over een paard dat bij ons in de tuin stond. En dat ze daar nogal veel last van had gehad. En ze zei dat jij al dagen niet meer naar school ging. Dus ik werd nogal ongerust. Joost en Splinter wilden eigenlijk niks vertellen. Maar ik heb ze het mes op de keel gezet.'

'Bij wijze van spreken dan,' zegt vader.

'En toen vertelden ze over jouw heldendaden. En dat je een hersenschudding had opgelopen toen je midden in de nacht door de polder zwierf!' Moeders stem wordt steeds luider, en Matthijs kijkt onopvallend om zich heen om te zien of er niemand op hen let. 'Hoe kwám je op het idee! Hebben we je nou helemaal niet geleerd wat wel en niet kan? Je weet toch, dat dat gevaarlijk is, in het donker over straat lopen! En dan met Tessa er nog bij! Er had wel ik weet niet wat kunnen gebeuren.'

'Ja, maar er niks gebeurd,' zegt Matthijs snel.

'Niks gebeurd? Niks gebeurd?' Moeder zet haar handen in haar zij. 'En die hersenschudding van jou dan, hè? Noem je dat niks gebeurd?'

Matthijs zucht. Hij wist dat ze boos zouden worden. Maar moet dat nu net hier, op het schoolplein, waar de hele school mee kan genieten? Door zijn oogharen ziet hij een paar kinderen uit zijn klas kijken. Hij kreunt van ellende.

'Nou?' zegt moeder, die het niks kan schelen of hij voor gek staat.

Matthijs haalt diep adem. Oké. Zijn moeder heeft natuurlijk gelijk. Hij steekt zijn beide handen omhoog. 'Sorry, mam. Ik snap dat het stom was. Maar... maar, nou ja, de buurvrouw belde midden in de nacht naar de politie om te zeggen dat we een paard in de tuin hadden staan, en dat hoorde ik, en toen dacht ik dat ze zouden komen om hem weg te halen en hem terug naar het slachthuis te brengen.'

'Mmm.' Moeder wrijft met haar handen door haar ogen. Ze ziet er ineens moe uit. 'Dat snap ik ook wel. En dat vind ik heel nobel van jullie. Maar jij bent me altijd nog heel wat meer waard dan een paard. Beloof me alsjeblieft dat je nooit meer zoiets stoms zal doen, schat.'

'Beloof ik, mam.'

Moeder slaat haar arm om zijn schouder en geeft hem een kus. 'Oké. Over je straf hebben we het thuis wel. Zeg, kun je hier wat te drinken en te eten krijgen? Ik heb ontzettende honger en dorst.'

Matthijs springt op. 'Zal ik patat voor jullie halen?'

Vader en moeder kijken elkaar aan. 'Doe maar,' zegt moeder. 'Dat is weer eens wat anders dan die gevulde druivenbladeren.' Vader haalt zijn portemonnee tevoorschijn, haalt er een briefje van tien uit en geeft het aan Matthijs. 'En wat te drinken, alsjeblieft.'

Esgo's vader komt langslopen met de koe aan een touw. Sem zit er omgekeerd op. Zo te zien heeft hij de grootste moeite om overeind te blijven. Een glimlach trekt over vaders gezicht. Hij wrijft in zijn handen. 'Hé! Dat doet me denken aan Dik Trom! Dat heb ik ook altijd willen doen. Wacht jij maar even hier, Lisa. Ik ben zo terug...'

25. Kinderboerderij

'Vierhonderdzeventien euro en twintig cent!' zegt Tessa, terwijl ze het geld terugstopt in de envelop. Ze schudt haar hoofd. 'Veel, hè? Ongelofelijk gewoon!'

Matthijs rekt zich uit en gaapt. Hij is moe. Zijn hoofd begint weer pijn te doen. Hij zou het helemaal niet erg vinden als hij weer naar bed kon. De bazaar is voorbij en het schoolplein ligt er weer bij alsof er nooit iets gebeurd is. Zelfs de koeienpoep die overal lag, is opgeruimd. Meester heeft hen zelfs een complimentje gegeven en gezegd dat ze vaker zoiets mochten organiseren.

'Wat denk jij, Es?' zegt Tessa. 'Zou het genoeg zijn?'

'Vierhonderdzeventien euro...' zegt Esgo bedachtzaam. 'Ja, volgens mij moet dat wel genoeg zijn. Hij is hartstikke mager, toch? Dat is een voordeel. Bij het slachthuis kopen ze de dieren altijd per kilo. Dus hoe magerder, hoe goedkoper.'

Langzaam lopen ze over het plein terug naar de fietsenstalling. 'Het was gaaf, hè?' verzucht Tessa als ze naar de fietsenstalling lopen. 'O, Esgo, die koe van jullie! Dat was nog het leukste van alles. Ik kwam niet meer bij toen je vader eraf viel, Thijs! Het was zo'n grappig gezicht!'

'Zei je iets, Tessa?' Vader en moeder komen net de fietsenstalling uit met de fietsen aan hun hand. 'Je hebt het wel over de nieuwe Dik Trom! Dus let op je woorden!'

'Nee, u was echt heel goed,' zegt Tessa. Ze giechelt. 'En heel grappig, ook.'

'En, hebben jullie het geld al geteld?' vraagt moeder.

'Ja, zonet,' zegt Tessa. 'Meer dan vierhonderd euro!'

'Tjonge. Dat is niet gek. En wat gaan jullie nou precies met dat geld doen?'

'Nou, we gaan ermee naar het slachthuis, en dan gaan we vragen of we Pineut mogen kopen. Omdat hij eigenlijk van hen is, snapt u? Ik bedoel, hij was natuurlijk wel ontsnapt, maar eigenlijk is hij nog steeds van die mensen van het slachthuis.'

Moeder knikt. 'Oké. En dan? Als jullie hem gekocht hebben? Wat gaan jullie er dan mee doen?'

'Dan eh...' Tessa kijkt naar Esgo en Matthijs.

'Ik hoop niet dat je verwacht...' Moeder kijkt Matthijs streng aan. 'Dat hij bij ons in de tuin mag staan. Want daar is geen sprake van! De tuin ziet er niet meer uit. Het lijkt wel of er een bulldozer bezig is geweest! Het gras helemaal vol kuilen, en de bloemen platgestampt.'

'O, jammer,' zegt Matthijs, terwijl hij zijn sleuteltje in het slot steekt. 'Ik had echt gehoopt...' Hij kijkt op en lacht als hij zijn moeders gezicht ziet. 'Nee, grapje. Dat wil ik de buurvrouw niet aandoen. En jou niet, mam. En Pineut trouwens ook niet.' Hij haalt zijn schouders op. 'Maar wat we met hem gaan doen... Daar hebben we het eigenlijk nog niet over gehad. Zou hij niet bij jullie kunnen staan, Esgo?'

'Ik weet niet,' zegt Esgo. Hij trekt zijn fiets uit het rek. 'Dan staat-ie wel de hele tijd tussen de koeien, natuurlijk. In de zomer kan het vast wel. Maar in de winter... We hebben geen paardenstal. Ik vraag me af of een paard dat wel leuk vindt, om de hele tijd bij de koeien in de loopstal te staan.'

Tessa springt op haar fiets en rijdt de stoep af. 'Misschien willen ze hem wel bij de manege. En dat wij er dan altijd gratis op mogen rijden. Dat zou cool zijn!'

Door het park fietsen ze terug naar huis. De zon staat al laag, maar het is nog steeds warm, en het gras bij de vijver zit vol lezende en luierende studenten. Ineens klinkt er een ijselijke kreet uit de richting van de kinderboerderij. Matthijs kijkt verschrikt opzij. In het hertenkamp, midden tussen de herten in, staat een pauw met opgeheven veren. Matthijs grinnikt beschaamd. Hij dacht echt even dat er iemand vermoord werd.

Langgeleden dat hij op de kinderboerderij geweest is. In groep vijf zijn ze er met de klas geweest. Mochten ze eieren zoeken, een koe melken, graan malen en zelf beslag maken en pannenkoeken bakken... Best leuk. Voor kleintjes dan.

Zijn moeder, die samen met vader voor hen uitfietst, kijkt om. 'Je had het over de manege, hè, Tessa?' zegt ze. 'Ik denk niet dat de manege erg blij is met zo'n paard. Ik heb die Pineut van jullie nog niet gezien, natuurlijk. Maar als ik jullie er zo over hoor, denk ik dat hij veel te mager is om er iemand op te laten rijden. En waarschijnlijk is hij helemaal niet afgericht. Dus dan kost het de manege alleen maar geld, in plaats van dat het ze geld oplevert. Je kunt het vragen, natuurlijk. Maar ik verwacht er eerlijk gezegd niet veel van. Misschien dat je hem er mag stallen, maar dan moet je er gewoon voor betalen.'

Tessa schudt haar hoofd. 'Nee, als we ervoor moeten betalen, kan het niet, natuurlijk. We moeten een plek voor hem vinden waar hij gratis mag wonen.'

'Misschien hebben ze bij de dierenopvang wel een idee,' zegt Matthijs. 'Daar hebben ze ervaring met dieren die een ander huis nodig hebben.'

Tessa's gezicht klaart op. 'Goed idee! Hé, zullen we er straks even heen? Dan kunnen we het gelijk vragen!'

Matthijs remt af onder de Broederpoort en kijkt naar links en naar rechts. Dan gaat er plotseling een schok door hem heen. Opgewonden kijkt hij naar Esgo en Tessa. 'De kinderboerderij!'

'Wat?' zegt Tessa niet-begrijpend.

'De kinderboerderij! Misschien willen ze hem daar hebben!'

'Natuurlijk!' zegt Tessa enthousiast. 'Goed idee! Dat we daar niet meteen aan gedacht hebben! Kom op!'

Ze draait haar fiets en springt op het zadel. Esgo gaat achter haar aan. Matthijs steekt snel de straat over en fietst achter zijn vader en moeder aan, die al bijna thuis zijn. 'Pap! Mam! Ik moet nog heel even weg hoor! Ik ben zo terug.'

Moeder kijkt om. 'Is goed. Maak het niet te laat.'

Matthijs maakt een halve draai, steekt de Ebbingestraat over, rijdt onder de poort door en spurt achter Tessa en Esgo aan, het park in, op weg naar de kinderboerderij. Als hij er aankomt, hebben Tessa en Esgo hun fietsen al neergezet.

Met zijn drieën lopen ze over het erf naar het hoofdgebouw. 'We moeten de beheerder hebben,' zegt Tessa. 'Die ken ik. Dat is een man met een kaal hoofd.'

'Zoiets als jouw vader, Esgo,' zegt Matthijs.

Esgo kijkt dreigend opzij. 'Pas op, of jij bent straks nog kaler dan mijn vader.'

'Daar is-ie!' wijst Tessa. Ze begint te rennen en klampt een meneer aan die net met een emmer voer in de richting van de herten loopt. 'Hallo! Hallo! Meneer!'

De meneer blijft staan en kijkt verbaasd om. 'Ja?'

'Eh...' Tessa blijft even staan om op adem te komen. Ze kijkt ongeduldig achterom naar Esgo en Matthijs, die nu pas aan komen lopen.

'Nou?'

Esgo kucht. 'We eh... we hebben een vraag.'

De man zet zijn emmer neer en kijkt bemoedigend naar Esgo. 'Ja?'

'Eh... kunt u hier misschien ook nog een extra paard gebruiken?' zegt Esgo.

'Gratis!' zegt Tessa snel.

'Anders wordt-ie geslacht,' voegt Matthijs eraan toe.

De man fronst. 'Dus jullie vraag is of wij een oud paard willen dat anders geslacht wordt?'

'Nee, hij is niet oud, volgens mij,' zegt Tessa. 'Alleen maar mager. Hij is eh... verwaarloosd. Ja. Verwaarloosd. Hè, Matthijs?'

'Ja,' zegt Matthijs. 'Heel erg verwaarloosd. Maar als-ie genoeg voer krijgt, ziet hij er straks heel goed uit, dat weet ik zeker.'

'En dat paard is van jullie?' zegt de man. Hij kijkt alsof hij het nog niet helemaal begrijpt.

'Ja!' zegt Tessa. 'Nou ja...'

'Nee!' zegt Matthijs. Hij geeft Tessa een duw. 'We hebben toch niet zelf een paard verwaarloosd!'

'Nee, wij hebben hem niet verwaarloosd,' zegt Tessa. 'We hebben hem alleen maar gevonden. Toen hij al verwaarloosd was. En toen hebben we hem naar het dierenopvangcentrum gebracht.'

'O, maar dan heeft hij dus al een eigenaar,' zegt de man van de kinderboerderij.

'Nee, nee, hij was eh... nou ja, we willen hem eigenlijk kopen, snapt u? Van die eigenaar. Omdat die hem dus wil doodschieten.'

De man krabt over zijn hoofd. 'Weet je wat, ik geef eerst de geiten te eten. Komen jullie daarna even naar mijn kantoortje. Dan kunnen jullie het me uitleggen.'

Als Matthijs 's avonds eindelijk in bed ligt, tollen de gedachten door zijn hoofd. Hij is doodmoe, en toch kan hij niet slapen. Hij denkt aan Gijs Boertien, de man van de kinderboerderij, die er eerst niets van begreep, en met wie ze wel een uur hebben zitten praten. Hij heeft beloofd om er met zijn collega's over te praten of ze nog een paard kunnen gebruiken. Stel je voor dat Pineut daar terecht zou kunnen...

Hij denkt aan de bazaar. Al die geschminkte kinderen, de veiling, de Dik Tromwedstrijd... Matthijs glimlacht. Hij ziet het weer voor zich. De koe die zo braaf heen en weer had gesjokt over het schoolplein was ineens wild geworden toen vader erop was geklommen. Op de een of andere wonderbaarlijke manier was het vader gelukt erop te blijven zitten tot ze bij het hek waren. Daar was het misgegaan. De koe leek het hek te gaan rammen, maar maakte op het laatste moment een scherpe bocht, en vader viel voorover in de struiken. Even was het doodstil. Pas toen vader met een pijnlijk gezicht overeind kwam en overdreven hinkend terugliep naar zijn bankje, begon iedereen te lachen. 'Dames en heren!' riep Esgo door de luidspreker. 'Mag ik u voorstellen? De nieuwe Dik Trom van de eenentwintigste eeuw! Meneeeeerrrrr De Groot! De man die langer op een koe blijft zitten dan wie dan ook!' Vader had een oorkonde gekregen, en een pasje waarmee hij, volgens Esgo, een jaar lang gratis op Teuntje zeventien kon rijden.

Gek eigenlijk, dat niemand gevraagd heeft naar het geheime goede doel van de bazaar. De kinderen uit hun klas wisten het natuurlijk, en meester wist het. En misschien een paar vaders en moeders. Maar voor de rest? Al die bezoekers die geweest zijn... Zouden ze zich nou helemaal niet hebben afgevraagd waarom ze de bazaar georganiseerd hadden?

Hij draait zich op zijn rug. Nog twee nachten... dan is het maandag. En dan moeten ze naar het slachthuis toe om te vertellen wat ze gedaan hebben. Zouden ze boos zijn? Die juffrouw, en die man met die bebloede overall? Matthijs likt met zijn tong over zijn droge lippen. Grote kans dat ze boos zijn, die mensen van het slachthuis. Ze vinden natuurlijk dat ze Pineut meteen terug hadden moeten brengen. Hij zucht en staart naar het plafond.

Wat moeten ze doen als de mensen van het slachthuis weigeren om Pineut te verkopen? Als ze hem gewoon willen slachten?

26. Levend karkas

De maandag lijkt voorbij te kruipen. Zelfs als Matthijs met Esgo, Hanneke en Eline achter de computer mag, kan hij zijn aandacht er niet bij houden. Voor het eerst in maanden verliest hij met een spelletje Vijf op een rij.

'Je hebt je in de pan laten hakken, man!' zegt Esgo, als ze na het computeren naar de kapstokken lopen om hun bekers voor de pauze te halen. 'Door Eline nog wel! Komt dat soms door die hersenschudding?'

'Nee.'

'Wat is er dan?'

'Niks.' Matthijs zucht. 'Nou ja, weet je – mijn vader...'

'Ja?'

'Nou ja, die heeft gezegd dat het eigenlijk niet goed is wat we gedaan hebben.'

'Huh? Wát gedaan hebben?'

'Dat we Pineut mee naar huis hebben genomen. Hij zei dat we hem terug hadden moeten brengen naar het slachthuis, of dat we ze hadden moeten bellen dat we hem gevonden hadden.'

'Maar dan hadden ze hem doodgemaakt!' roept Esgo verontwaardigd.

'Sssst!' Matthijs kijkt om zich heen. De gang is vol druk pratende en lachende kinderen, die op weg zijn naar buiten. Niemand let op hen. 'Weet ik wel,' gaat hij zachtjes verder. 'Maar mijn vader zei dat we best wisten dat het hun paard was. En dat ze er bij het slachthuis ook niks aan konden doen dat hij zo slecht behandeld was.'

Esgo knikt. Hij zoekt tussen de jassen naar zijn rugzak en haalt een pakje drinken tevoorschijn. 'Dat is waar. Maar jullie hebben toch niks ergs gedaan? Jullie wilden hem toch niet stelen! Jullie wilden alleen maar zijn leven redden!'

'Zei ik ook al. Maar mijn vader zegt dat het toch niet goed was. En hij vindt dat Tessa en ik die mensen van het slachthuis precies moeten uitleggen wat we gedaan hebben en dat we onze excuses aan moeten bieden.'

'Tjonge.' Esgo draait met zijn ogen. 'Jouw vader is wel héél eerlijk zeg.'

Matthijs knikt. 'Zeg dat wel. Nog een geluk dat hij er vorige week niet was. Dan was Pineut nu dood geweest.'

Esgo duwt zijn rietje door het pakje drinken heen. 'Heb je straf gekregen?'

'Ja. Ik moet een maand lang de tuin doen.' Matthijs vertrekt zijn gezicht. 'En het is een verschrikkelijke zooi daar. Ik had het nog niet eens gezien, eigenlijk, omdat ik de hele week in bed heb gelegen. Maar er zitten allemaal gaten in het gras, en alle bloemen zijn opgegeten. Het lijkt wel of Splinter er met zijn brommer heeft rondgecrosst.'

'Ik help je wel.'

'Bedankt. Maar dat mag niet van mijn vader en moeder. Ik moet het zelf doen.' Matthijs haalt een appel uit zijn rugzak en wrijft hem schoon met de onderkant van zijn T-shirt. Hij loopt met Esgo mee naar buiten. 'Maar dat kan me niks schelen. Ik zie alleen maar op tegen dat gesprek met die mensen van het slachthuis...'

Eindelijk is het halfvier. Met een gevoel alsof hij naar de tandarts moet, stapt Matthijs op zijn fiets. Tessa lijkt helemaal niet tegen het gesprek op te zien. Terwijl ze naar de Noordweg fietsen, praat ze honderduit over wat ze allemaal wil gaan doen als Pineut weer helemaal gezond is. 'Dan gaan we hem africhten, en dan kunnen we een kar maken, een ponykar, zodat Pineut hem kan trekken, en dan kunnen kinderen met ons meerijden, voor vijftig cent of zo. Of we gaan hem kunstjes leren. Sommige paarden kunnen dansen. Op muziek.'

Matthijs bromt wat. Nog tweehonderd meter. Daar is het slachthuis al. Een grote vrachtwagen rijdt hen voorbij. Matthijs kijkt naar de varkenssnuiten die naar buiten steken. Zijn die ook op weg naar het slachthuis?

'Is toch leuk?' probeert Tessa. 'Een dansend paard?'

'Ja, ontzettend leuk zeg, een paard in een balletpakje. Maar volgens mij kunnen we beter eerst proberen om hem te kopen. Anders heb je straks geen dansend paard, maar een dood paard.'

Tessa kijkt hem van opzij aan. 'Pfff. Doe niet zo somber. Het lukt heus wel. Je denkt toch niet echt dat ze hem terug willen?'

De dame achter de computer neemt een trekje van haar sigaret en draait zich om op haar bureaustoel. 'Ja?' zegt ze kortaf.

'We – eh...' Matthijs slikt. Dit is nog moeilijker dan hij gedacht had. Hij haalt diep adem en probeert het nog een keer. 'Nou ja... we – we hebben uw paard gevonden.'

'Ons paard gevonden?' De dame trekt haar zwartgeverfde wenkbrauwstreepjes verbaasd op. Een wolkje rook ontsnapt uit haar neusgaten.

'Ja. Uw paard. Dat u wou slachten.'

'Sorry? Ik begrijp het niet helemaal. Ga even zitten.' De dame staat op en gebaart met haar sigaret ongeduldig naar de oranje stoelen in de hoek van het kantoortje. Matthijs gaat net als Tessa op het puntje van een stoel zitten. De dame rijdt haar bureaustoel naar hen toe, en de rooklucht wordt sterker. 'Jullie hebben een paard gevonden? En dat moet geslacht worden?'

'Nee, nee, juist niet!' zegt Matthijs snel. 'Eh... nou ja, vorige week was er toch een paard dat losbrak? Tegelijk met die twee koeien?'

'Misschien,' zegt de dame. Ze legt de sigaret op de rand van een asbak. De rook kringelt omhoog. 'Ga door.'

'Nou, wij hebben dat paard gevonden en we hebben hem naar het dierenopvangcentrum gebracht. Maar hij was natuurlijk van u. En eh... nou ja, sorry. We hadden hem meteen terug moeten brengen, natuurlijk.'

'Waarom hebben jullie dat dan niet gedaan?' vraagt de dame koeltjes.

'Nou eh, we vonden hem zo zielig. We wilden hem redden. En we hebben met de hele klas geld bij elkaar gebracht om hem te kunnen kopen. Vierhonderdzeventien euro.' Matthijs pakt de envelop en laat het geld zien. 'Eh... is dat genoeg?'

'Aha!' De dame kijkt van Tessa naar Matthijs en weer terug. Er komt een nadenkende blik in haar ogen. 'Ik ken jullie ergens van. Zijn jullie hier vorige week niet ook geweest?'

'Dat klopt,' zegt Tessa. 'En toen wilden we hem ook al kopen, en toen kon het niet omdat hij al in de slachtrij stond, maar nu staat hij niet meer in de slachtrij. Dus kan het nu wel?'

'Hebben jullie dat paard helpen ontsnappen soms?'

'Nee, nee, heus niet!' zegt Matthijs haastig. 'We konden er niks aan doen!'

Tessa valt in. 'Hij zag die koeien over dat hek springen, en toen dacht hij misschien: hé, ik ben een paard, als zij dat kunnen, kan ik het ook, en toen deed-ie het gewoon.'

'Ja, en toen zijn we hem gaan zoeken,' gaat Matthijs verder, 'en toen vonden we hem bij het voetbalveld.'

'Hij was helemaal bang en ziek,' zegt Tessa. 'En hij had heel lang niks te drinken gehad en hij was ook heel mager en hij trilde helemaal en trouwens, hij had ook ringworm, dus als je ervan at, van dat paardenvlees, zou je zelf ook ringworm krijgen, want dat is heel besmettelijk. En toen hebben we hem dus meegenomen naar zijn huis, en in de tuin gezet, en toen... '

'Toen hebben we hem naar het opvangcentrum gebracht,' besluit Matthijs. Onzeker kijkt hij naar de dame op. Zo. Dat is eruit. Hoe zal ze reageren?

'Juist,' zegt de dame. Ze neemt een laatste trekje van haar sigaret, drukt hem uit en staat op. Dan verdwijnt ze achter een deur.

'Waarom zegt ze niks?' sist Tessa.

'Ze komt zo terug met die vent, natuurlijk!' fluistert Matthijs. 'Die vent met dat petje!'

Tessa pakt zijn hand vast en knijpt erin. Matthijs trekt zijn hand snel los en veegt hem af aan zijn broek. Wat denkt ze wel!

De deur zwaait open en de man met de witte, met bloed besmeurde overall komt met zware stappen binnengelopen. Hij blijft staan in het kantoortje, zijn benen wijd, zijn armen over elkaar. 'Zo,' zegt hij, terwijl hij met een nors gezicht op Matthijs en Tessa neerkijkt. 'Dus jullie hadden dat paard gevonden?'

Matthijs slikt. 'Ja,' zegt hij zo dapper mogelijk. 'Sorry dat we hem gekidnapt hebben. We wilden hem heus niet houden, hoor. We wilden hem eerlijk kopen. Maar we hadden nog niet genoeg geld.'

De man haalt zijn schouders op. 'Je mag hem hebben,' zegt hij onverschillig. Met een duim en wijsvinger haalt hij zijn shaggie uit zijn mond en blaast de rook door zijn mondhoek naar boven.

'Hebben?' Verbaasd kijkt Matthijs de man aan. Hij staat langzaam op. 'Bedoelt u...'

'Doe er maar mee wat je wilt.'

'Maar... maar nu hebben we wel genoeg geld!' stamelt Matthijs. 'We hebben speciaal geld verzameld om hem te kunnen kopen!'

De man maakt een wegwerpgebaar met zijn hand. 'Dat halfdode beest?' zegt hij verachtelijk. 'Zou toch niet door de keuring zou zijn gekomen. Het was niet meer dan een levend karkas.'

'Maar hij stond in de slachtrij!' zegt Tessa met grote ogen. 'Dat zei u zelf!'

De man zucht vermoeid en drukt zijn witte petje steviger op zijn kale hoofd. 'Ja, hij stond in de slachtrij. Maar ik kon zo al zien dat de keurmeester hem af zou keuren. En dan kost het ons alleen maar geld. Dan moeten we dat vlees weer laten vernietigen en zo. Een hoop gezeur. Nou, als jullie me willen excuseren, ik heb nog werk te doen vandaag. Ik krijg net een lading varkens binnen.'

Tessa knippert met haar ogen. 'Dank u wel!' zegt ze ademloos. 'Dank u! Dat is echt... dat is geweldig! Niet te geloven!'

'Ja ja,' bromt de man. 'Doe me een plezier, en ga alsjeblieft niet ook nog eens mijn varkens redden.' Hij trekt nog een keer aan zijn shaggie en verdwijnt dan weer in de donkere gang.

Tessa draait zich langzaam om. Een grijns trekt over haar gezicht als ze Matthijs' verbaasde gezicht ziet. 'Kom op,' zegt ze, terwijl hij hem op de schouders slaat. 'Laten we gaan. Of wou je hier blijven om de varkens moed in te spreken?'

27. Eindelijk thuis

'**M**aar waarom moet hij met een trailer?' zegt Tessa tegen Geesje van het dierenopvangcentrum. Ze hangt over de balie en kijkt Geesje smekend aan. 'Waarom mogen we hem niet gewoon zelf naar de kinderboerderij brengen? Hij kan gewoon lopen, hoor. Het is een páárd!'

'Ja, dat weet ik,' zegt Geesje. 'Maar wel een paard met verwaarloosde hoeven. Het lijkt me geen goed idee om dat arme beest weer kilometers over het fietspad te laten lopen. Stel je voor dat ik jou op blote voeten heel Kampen door zou sturen.'

Tessa haalt haar schouders op. 'Zou ik niet erg vinden, hoor.'

'Heel goed,' zegt Geesje. 'Jij mag op blote voeten. Maar we brengen Pineut gewoon met de trailer.'

Tessa slaakt een diepe zucht en doet een stap achteruit. 'Oké.'

'Enne...wanneer kan het?' vraagt Matthijs. 'Kan het vandaag nog?'

Geesje kijkt in de computer, klikt iets aan en knikt. 'We hebben zo meteen wel even tijd. Om drie uur. Het kan er net tussendoor. Goed?'

'Heel goed!' zegt Matthijs opgetogen. 'Kom mee, Tess. We gaan even bij Pineut kijken. Dat mag wel, hè?'

'Ja hoor,' zegt Geesje. 'Ga hem maar even borstelen. Vindt-ie lekker. En maak zijn hoeven ook gelijk schoon. Er ligt volgens mij wel een hoefkrabber bij de borstels.'

'Hoefkrabber?' mompelt Matthijs, terwijl hij langs de grote hokken met blaffende honden naar de stal loopt. 'Wat is dat nou weer?'

'Vast iets om zijn hoeven mee te krabben!' roept Tessa boven het geblaf uit.

'Ja, duh!' zegt Matthijs. 'Dat snap ik ook.' Hij gaat de schemerige stal in en loopt naar de schaduw achter het hek. 'Hé, Pineut! Hoe gaat-ie?' Pineut, die bij de ruif staat te eten, draait zijn hoofd naar hem toe en spitst zijn oren.

Tessa doet het licht aan en klimt over het hek. 'Hij ziet er al veel beter uit,' zegt ze. 'Het lijkt wel of hij al wat dikker geworden is. En zijn vacht is veel zachter.' Ze slaat haar arm om Pineuts hals en wrijft met haar gezicht tegen zijn hoofd aan. 'Je gaat zo naar je nieuwe huis toe. Leuk, hè?'

'Nou, volgens mij heeft hij nog steeds ringworm,' zegt Matthijs. 'Moet je die plekken zien! Oh, Tess, pas op! Je haar begint uit te vallen! Vreselijk!'

'Haha!' zegt Tessa, terwijl ze snel een stap naar achteren doet en haar hand door haar haar haalt. 'Je dacht toch niet dat ik daar intrap!'

Matthijs grinnikt. Hij klimt over het hek en pakt een borstel van de plank. Het is een vreemde borstel, met een dikke ijzeren punt aan de bovenkant. 'Dit zal die hoefkrabber wel zijn,' zegt hij. 'Alsjeblieft.'

'Fijn, bedankt,' zegt Tessa sarcastisch. 'Kan ik zeker lekker de poep tussen zijn hoeven wegkrabben.'

'Iemand moet het doen,' zegt Matthijs. 'En ik heb net een hersenschudding gehad.'

Tessa barst in lachen uit. 'Handig, hè, een hersenschudding!'

'Precies,' zegt Matthijs. Hij begint Pineut voorzichtig te borstelen.

'Oké, oké,' zegt Tessa. Ze klopt Pineut op zijn rug. 'Kom op, Pineut. Steek je poot naar achteren.'

Matthijs komt overeind. 'Hé, het is geen hond hoor! Hij gaat je echt niet een poot geven als je erom vraagt. Je moet die poot gewoon pakken, kijk zo!' Hij pakt het achterbeen vast en tilt het omhoog.

'Oooo!' zegt Tessa. 'En dan?'

'Dan pak je die hoefkrabber, en dan – ja, hé, grapje zeker! Dacht je dat ik het niet doorhad? Hier, doe het zelf maar!' Matthijs duwt Tessa de hoefkrabber in haar handen en gaat verder met borstelen.

Het is waar. Pineut lijkt in de afgelopen week toch iets minder mager te zijn geworden. Zijn oog is niet meer ontstoken, en hij

ziet er niet meer zo schichtig uit. Matthijs borstelt de losse haren uit de vacht en kamt voorzichtig de manen en de staart. Dan gaat hij op een afstandje staan en kijkt naar Pineut. Als hij van die ringworm af is, en als je al die botten er niet meer doorheen ziet steken, is het vast een mooi paard. Aardig van de beheerders van de kinderboerderij dat ze hem willen opnemen. Ze wilden toch al een tijdje een derde paard, heeft Gijs Boertien gezegd. Dus het kwam eigenlijk zelfs heel mooi uit.

Gisteren heeft hij samen met Tessa in de klas verteld hoe het bij het slachthuis gegaan is. Dat ze daar helemaal niet boos waren, en dat ze zelfs geen geld hoefden te hebben voor Pineut. Iedereen was het met Tessa en hem eens dat dat geld naar een ander goed doel moest gaan. Maar het was nog helemaal niet zo makkelijk om te beslissen wat dat goede doel dan moest zijn. Na een lange discussie ('We kunnen ervan naar de Efteling gaan!' 'Ja, duh, dat is toch geen goed doel!' 'Nee, laten we naar Euro Disney gaan, dat is een veel beter doel!') hebben ze onder leiding van de meester besloten om een deel aan het dierenopvangcentrum te geven voor alle kosten die ze gemaakt hebben. De rest geven ze aan de kinderboerderij. Geesje heeft voorspeld dat ze op de kinderboerderij de komende tijd nog aardig wat geld kwijt zullen zijn aan de dierenarts en aan de hoefsmid. Maar ze heeft ook gezegd dat Pineut er met goede zorg weer helemaal bovenop kan komen, en dat hij op een dag misschien zelfs wel een goed rijpaard kan worden.

'Hé jongens!' klinkt de stem van Geesje van buiten. 'De auto staat voor. Jullie mogen hem naar buiten brengen.'
Tessa doet het hek open, en Matthijs pakt Pineut bij zijn halster. 'Ga je mee?' zegt hij.
Pineut lijkt te begrijpen wat er van hem verwacht wordt. Gewillig loopt hij met Matthijs mee de stal uit, het erf over naar de trailer die voor hem klaarstaat. Daar neemt Geesje hem over. Ze houdt Pineut wat brokjes voor en leidt hem de trailer in. Dan springt ze eruit, klapt de loopplank naar boven en sluit hem af. 'Zo,' zegt ze. 'Dat ging makkelijk. Nou, hij is klaar voor vertrek.'
'Kom op, Tess,' zegt Matthijs, terwijl hij naar zijn fiets loopt. 'We gaan er snel achteraan.'
'Doei!' roept Tessa naar Geesje, die met haar armen over elkaar staat te wachten tot de trailer vertrekt. 'Bedankt voor alles!'
'Jullie ook bedankt!' roept Geesje terug. 'Kom nog maar eens terug!'

Het is een grijze dag en er staat een stevige wind. Het lijkt wel of ze naar Kampen toe geblazen worden. Maar nog voor ze halverwege zijn, worden ze ingehaald door de dierenambulance met de paardentrailer.

'Sneller!' hijgt Tessa. 'Kom op, Thijs!'

'Ben je gek,' zegt Matthijs. 'Je wilt hem toch zeker niet bijhouden?'

'Tuurlijk wel!' roept Tessa over haar schouder. Ze leunt over haar stuur om sneller te kunnen gaan. De auto met de trailer wordt steeds kleiner en verdwijnt uit het zicht. Matthijs zucht en zet zijn versnelling een tandje hoger. 'Wat maakt het nou uit,' zegt hij, als hij weer naast Tessa fietst. 'We hoeven er toch niet vóór Pineut aan te komen? Dat heeft-ie toch niet door.'

'Zeg nou maar gewoon dat je niet zo snel kunt,' zegt Tessa stekelig. 'Dat komt natuurlijk door die hersenschudding van je.'

Een grijns trekt over Matthijs' gezicht. Hij zet even aan, en binnen een paar seconden ligt hij meer dan twintig meter voor.

'Hé!' roept Tessa uit de verte. 'Zo snel hoeft nou ook weer niet!'

Matthijs steekt een hand in de lucht en fietst door, zo hard hij kan. Binnen tien minuten stapt hij af bij de kinderboerderij. Tessa is nog in geen velden of wegen te bekennen. Hij zet zijn fiets in het rek, en zwaait naar de ambulancechauffeur die net het erf af komt draaien en de Flevoweg oprijdt. Terwijl hij hem nakijkt, ziet hij in de verte Tessa aan komen spurten.

'Zo, ben je daar eindelijk?' roept hij, als ze wat dichterbij is. 'Wat heb je gedaan, picknicken?'

'Heel leuk,' hijgt Tessa. Haar wangen zijn helemaal rood en er staan kleine zweetdruppeltjes op haar voorhoofd. Ze zet haar fiets op slot en kijkt Matthijs dan afwachtend aan. 'En?'

'En wat?'

Tessa rolt geërgerd met haar ogen. 'Duhuh! Heb je al gekeken?'

'Tuurlijk niet. Ik heb op jou gewacht. Kom op.'

Samen lopen ze het erf op. Een kip met een stel kuikentjes rent verontwaardigd tokkend voor hen weg. In de wei zijn een paar kinderen de geiten aan het voeren. Een meisje zit op haar hurken tussen een paar jonge geitjes in en begint hard te lachen als ze door een opdringerige moedergeit omver wordt geduwd. Een paar nandoes die in het hertenkamp staan, kijken nieuwsgierig over het hek.

'Daar!' wijst Tessa ineens. Ze begint te rennen. 'Daar staat-ie!'

Matthijs rent achter haar aan. In de wei, tussen een paar lichtbruine Shetlandpony's in, staat Pineut te grazen. Hij ziet eruit alsof hij zich al helemaal thuis voelt. Matthijs klimt op het hek en kijkt. Een glimlach trekt over zijn gezicht. Daar staat hun paard, mager, trots en lelijk. Hun paard dat helemaal uit Polen kwam om hier geslacht te worden. Als Tessa en hij er niet geweest waren om hem te redden, zou hij dood zijn. Dan lag hij nu in plakjes bij mensen thuis in de koelkast. Of nee, natuurlijk niet. Wat zei die man in het slachthuis? Dan zouden ze hem vernietigd hebben. Vernietigd. Stel je voor...

Matthijs slaakt een diepe zucht en kijkt opzij. Tessa kijkt hem aan. Ze glimlacht en steekt haar hand op. Hij grijnst terug en slaat ertegenaan. Tessa grijpt zijn hand vast. 'Hebben we goed gedaan, hè?' zegt ze tevreden.

Matthijs kijkt naar Pineut, die gestopt is met grazen en nu naar hen staat te kijken. Het lijkt wel of hij zich afvraagt of hij hen niet ergens van kent. Hij knikt langzaam en knijpt in Tessa's hand. 'Heel goed gedaan,' zegt hij. 'Kon niet beter.'

Epiloog

'Hé,' klinkt een bekende stem. 'Een nieuw paard?'
Matthijs, die met zijn handen diep in de zakken van zijn winterjas naar de paarden staat te kijken, schrikt op. Op een paar meter afstand ziet hij buurvrouw Van Zelzaete over het pad lopen. Ze is zo druk in gesprek met Gijs Boertien, de beheerder van de kinderboerderij, dat ze Matthijs niet eens opmerkt.

Gijs trekt zijn pet wat dieper over zijn oren. 'U bent lang niet geweest,' zegt hij. 'Hij is hier toch al een maand of vijf.'

'Mooi dier,' merkt buurvrouw Van Zelzaete tot Matthijs' verbazing op. Ze blijft bij het hek stilstaan en kijkt bewonderend naar Pineut, die door de wei galoppeert. 'Zeg... het lijkt wel een Joegoslavische Lippizaner. Die kleine oortjes... die gebogen hals, en dat compacte, gespierde lichaam. En die galop! Dat zie je alleen bij Lippizaners. Heel bijzonder. Hoe komt u daaraan?'

'Gered van het slachthuis,' zegt Gijs.

'Het slachthuis?' Verbijstering klinkt door in mevrouw Van Zelzaetes stem. 'Hoe is het mogelijk! Een schande is het! Wie brengt zo'n prachtige hengst naar het slachthuis!'

Gijs haalt zijn schouders op. 'Hij was er nogal slecht aan toe. Jarenlange verwaarlozing. Ik denk niet dat iemand doorhad wat een mooi dier het was. Een paar kinderen hebben hem gevonden en hem naar het opvangcentrum gebracht.'

'Maar dat is geweldig!' roept mevrouw Van Zelzaete uit. 'Een Lippizaner... U weet dat mijn vader paardenfokker geweest is?'

Matthijs bijt op zijn lip. Een grijns trekt over zijn gezicht. De vader van mevrouw Van Zelzaete, een paardenfokker?

'Ik ga mijn jaarlijkse donatie aan de kinderboerderij verhogen tot tienduizend euro,' gaat mevrouw Van Zelzaete verder. 'Zo'n dier heeft recht op alle zorg die maar te koop is. Stel je voor! Een Lippizaner. In Kampen!'

'Dat is geweldig,' zegt Gijs hoofdschuddend. 'We zijn u zeer erkentelijk. U bent al jaren een belangrijke sponsor, maar dit...'
'Jaja,' onderbreekt mevrouw Van Zelzaete hem, terwijl ze alweer verder loopt. 'Zeg, en dan nog wat. Die kinderen die dit paard gered hebben... hebben die eigenlijk wel een beloning gehad?'